이것이 법이다

이것이 법이다 62

2019년 4월 19일 초판 1쇄 인쇄
2019년 4월 24일 초판 1쇄 발행

지은이 자카예프
발행인 이종주

기획 팀 이기헌 왕소현 박경무 이승제
책임 편집 최전경

발행처 (주)로크미디어
출판등록 2003년 3월 24일
주소 서울시 마포구 성암로 330 DMC첨단산업센터 3층 318호, 319호
Tel (02)3273-5135 Fax (02)3273-5134
홈페이지 rokmedia.com E-mail rokmedia@empas.com

ⓒ 자카예프, 2015

값 8,000원

ISBN 979-11-354-2245-4 (62권)
ISBN 979-11-255-9575-5 04810 (세트)

이것이 법이다

62

자카예프 장편소설

ROK
MEDIA
로크미디어

CONTENTS

인간은 악용한다

　새론은 다른 곳과 다르게 세계 각국에 체인점을 두고 있다.

　만일 체인을 둘 상황이 아니라면 제휴를 통해 전 세계에서 한국인을 대상으로 동일한 법률 지원 서비스를 제공하고 있다.

　그래서 해외에서 문제가 생기면 새론을 찾아오는 경우가 많았다.

　물론 반대의 경우도 종종 있기는 했다.

　하지만 지금 같은 경우는 처음 있는 일이었다.

　"해외에서 재판이 진행 중인데, 상대방이 정당방위를 주장한다고요?"

　"네. 하지만 아무래도 그건 아닌 것 같아서요."

　형이 해외에서 죽었다.

여자를 강간하려던 중에, 여자가 정당방위 차원에서 쏜 총에 맞아 죽었다는 것.

"그런데 우리 형이 아무리 그래도 강간을 할 사람은 아니거든요."

"가족들끼리는 편들어 주는 게 정상입니다, 물론 억울하시겠지만."

"아니, 그게…… 후우……."

남자는 한참 고민하다가 입을 열었다.

비밀이기는 하지만, 어차피 이제 와서 무슨 소용이 있겠는가?

"형은 여자를 강간할 수가 없어요. 불가능합니다."

"불가능하다? 장애가 있었나요?"

"장애가 있는 게 아니라…… 게이였어요."

"네?"

"게이였다고요."

"게이요?"

"네. 게이가 여자를 강간하려 했다는 게 이해가 갑니까?"

게이는 사회적으로 배척받는 성 소수자 집단이다.

그들은 이성인 여성이 아니라 동성인 남성을 성적인 대상으로 본다.

그래서 대부분 그러한 사실을 비밀로 하는 경우가 많다.

"형도 우연히 술을 마시고 저한테 말했을 뿐이지만요."

"음."

자신이 게이라는 사실을 감추는 사람들은 많다.

어떤 사람은 그걸 감춘 채 멀쩡하게 결혼하고 애까지 낳고 살기도 한다.

물론 그 과정에서 여성과 자연스럽게 성관계도 한다.

게이라는 사실이 드러나면 사회적으로 배척받기 때문이다.

"게이인 형이 여자를 강간하려고 했다니, 그건 말도 안 된 다고요."

"그건 그러네요."

물론 강간의 주요한 목적이 성욕의 해소보다는 정복욕과 통제욕 충족을 위해서인 경우도 있다.

하지만 정복욕과 통제욕이라는 것도 기본적으로 자신의 성적 취향을 기반으로 발현된다.

아주 특수한 경우가 아닌 이상에야 강간이라는 사건에서 가해자는 자신의 성적 취향에 따른 희생자를 선택하지, 성적 으로 전혀 관심도 없는 사람을 선택하지는 않는다.

"더군다나 우리 형은 게이들 사이에서, 그러니까……."

"수비 입장이라는 거죠?"

"네."

"확실히 그러면 이해가 가지 않는 일이네요."

게이들 사이에서 수비의 입장이라는 것은, 쉽게 말해 성관 계를 맺을 때 여성의 역할을 하는 사람을 뜻한다.

그런 사람이 전형적인 남성적 행위인 강간을 한다?

"하지만 아직 재판 중이라 했으니 그럼 결과를 기다려 봐도 되지 않을까요?"

"아무래도 상대방 주장대로 정당방위로 판정 날 가능성이 높다고 해서요."

"정당방위라……."

노형진은 머릿속이 복잡해졌다.

정당방위는 확실히 인정되어야 하는 사항이다.

한국 같은 경우는 정당방위를 거의 인정하지 않는다.

심지어 상부에서 인정하라고 해도, 하부에서 인정하지 않는다.

그렇지만 미국은 다르다.

정당방위를 상당히 인정한다.

그러나 세상에 빛이 있으면 그림자도 있는 법.

'그걸 악용한 살인도 적지 않지.'

정당방위를 상당히 폭넓게 인정한다는 점을 이용하여 상대방을 함정에 빠트려서 살인하고 정당방위로 포장하는 경우도 제법 있다.

'이 말이 사실이라면…….'

의뢰인인 허삼욱의 말이 사실이라면, 누가 봐도 그의 형인 허형욱은 함정에 빠진 거다.

'하지만 그걸 증명할 방법이 없다는 게 문제지.'

그가 게이였다는 걸 아는 사람은 허삼욱뿐이다. 다른 가족들은 모른다.

재판 장소가 미국이다 보니 허삼욱이 가서 증언하는 것도 힘들고, 설사 증언한다고 해도 그의 말에 따르면 허형욱은 이성애자인 것처럼 행동했다고 한다.

그렇다면 재판부는 허삼욱 대신에 다른 사람들의 말을 믿을 것이다.

허삼욱 말고는 모조리 이성애자라고 말할 테니까.

'그건 부모님도 마찬가지.'

나이가 많은 부모님 세대는 자기 자식이 게이라는 것을 인정하지 않는다.

그걸 정신병으로 보기 때문이다.

정확하게 말하면 아주 더러운 무언가로 보는 성향이 강하다.

차라리 아들이 술을 마시고 여자를 강간하려다가 죽었다는 걸 인정할지언정, 게이라는 것은 절대 인정하지 않을 것이다.

그 상황에서 허삼욱이 혼자서 게이설을 주장해 봐야 신빙성이 없다.

"다른 증거는 없나요?"

"다른 증거요?"

"네, 허형욱 씨가 게이였음을 증명할 만한 다른 거 말입니다."

"없어요. 형은 그 사실을 정말 철저하게 숨겼거든요."

"음."

그렇다면 아무리 봐도 그걸로 싸우는 것은 어려울 듯했다.

'허삼욱이 우리한테 거짓말을 할 이유는 없으니.'

거기에다 그런 일이 비밀로 유지되는 것은 비일비재한 판이다.

본인이 주변에 밝히기도 힘든 문제인 데다가, 알려진다고 해도 주변에서 굳이 이야기하지 않기 때문이다.

"사실 다른 거였다면 이해가 갔을 겁니다. 하지만 우리 형이 여자를 강간하려다가 총에 맞아 죽어요? 그건 말도 안 됩니다."

"흠."

단순히 억울해 새론을 찾아온 것이라면 아마도 노형진에게 배당되지는 않았을 것이다.

하지만 사건 당사자인 허형욱이 게이라는 허삼욱의 주장이 문제였다. 그 말이 사실이라면 누가 봐도 함정에 빠진 거니까.

"그건 아무래도 좀 알아봐야겠군요. 그러면 형은 미국으로 왜 간 건가요? 업무차 간 겁니까?"

"아니요. 유학이었습니다."

"유학요?"

"네. 형은 요리를 좋아했습니다. 그래서 미국에서 요리 학교에 다니고 있었습니다."

"가신 지 얼마나 됐지요?"

"1년쯤 지났습니다."

허형욱이 미국으로 간 과정에 이상한 사항은 없었다.

원래 요리를 좋아했고 다행히 재능도 좀 있었다. 그래서 미국의 요리 전문학교에 입학할 수 있었고.

'1년이라……'

1년이면 누군가에게 원한을 만들어 낼 수 있는 시간이라 할 수 있다.

사실 아주 작은 것으로도 쉽사리 원한을 품는 게 인간이니까.

"결국 제일 중요한 건 살인한 여자와의 관계군요. 그 여자는 누군가요? 허형욱 씨가 전에 알던 사람입니까?"

"우리는 모르지요."

미국에서 시시콜콜 다 전화해서 알려 줄 리가 없으니 허삼욱은 모른다 해도, 결국 그쪽에서 어떻게든 관계가 있을 가능성이 높다.

"그래요?"

노형진은 고민하면서 머리를 긁었다.

"그러면 그 여자에 대해 허삼욱 씨가 아는 건요?"

"전혀요. 이름만 들었습니다."

"결국 그 여자가 함정을 팠다 해도, 왜 그랬는지는 알 수가 없다는 뜻이네요."

"그렇지요."

당연하다면 당연한 건데…… 재판이 미국에서 이루어지고

있다면 한국에 있는 가족들이 돌아가는 상황을 빠르고 정확하게 알아낼 방법은 많지 않다.

"그래서 우리가 가서 뭐든 해 보고 싶지만……."

돈이 문제가 아니다. 아는 게 전혀 없다는 게 문제다.

미국에서 어떻게 변호사를 사는지도 모르고, 어떻게 싸워야 하는지도 모른다.

이미 형은 죽었으니 형이 변호사를 살 수 있는 것도 아니고.

'이런 경우에는 대부분 도움을 받을 수 있는 방법이 없지.'

결국 찾아낸 방법이 그나마 미국에 제휴점이 있는 새론에 의뢰하러 오는 것이었다.

"알겠습니다. 그 사건은 제가 맡기로 하겠습니다."

허삼욱의 얼굴이 환해졌다.

"제발 부탁드립니다. 형님의 억울한 죽음을 밝혀 주세요."

"그러지요."

노형진은 고개를 끄덕거렸다.

⚖️

미국은 넓다. 그리고 각 주마다 법도 다르다.

그래서 한국의 변호사가 미국에 진출하는 것은 쉬운 일이 아니다.

하지만 원래부터 미국에 있던 변호사라면 이야기가 달라

진다.

"미스터 노."

"엠버, 오랜만입니다."

엠버 브라운. 노형진이 미국에서 스카우트한 변호사였다.

한때 몰락해 콜걸까지 했던 그녀지만 실력 하나만은 진짜였기 때문에 노형진은 그녀에게 투자해 미국에 드림 로펌을 만들고 한순간의 실수로 몰락했던 변호사들을 끌어들였다.

한 번의 실수로 몰락했지만 실력 자체는 진짜인 사람들을 알고 있으니까.

"어떻게 된 게 전보다 더 아름다워진 것 같네요?"

농담이 아니라 정말 그랬다.

전에도 그녀가 눈웃음을 날리면 남자들이 눈을 떼지 못할 지경이었는데 이제는 눈만 마주쳐도 입이 헤 하고 벌어질 정도다.

"돈의 힘이지요."

"돈?"

"미스터 노 덕분에 우리도 적지 않은 수익을 냈으니까요. 여자에게 외모는 무기니까, 난 무기를 갈고닦을 뿐입니다."

"하하하."

농담이 아니다.

그녀의 능력 중에는 자신이 여자라는 것을 적절하게 사용할 줄 안다는 것도 있으니까.

"그나저나 미국에는 오랜만에 오셨네요."

"오랜만은 아닙니다. 다만 법적인 일 때문에 올 일이 없었던 것뿐이지요."

"그런가요? 일단 차로 갈까요? 그러고 보니 이분은?"

"손채림이라고, 저와 같이 일하는 동료입니다."

"손채림입니다."

손채림은 인사하면서도 표정은 살짝 질린 듯했다.

그럴 수밖에 없는 게, 그녀는 한 번도 엠버를 본 적이 없으니까.

"반갑습니다, 미스 손. 일단 차로 갈까요? 리무진을 준비해 놨습니다."

웃으면서 인사하는 엠버.

그리고 왠지 모르게 알 듯 모를 듯 한 미소를 흘리면서 앞장서는 그녀의 모습에 손채림은 노형진에게 달라붙어 캐물었다.

"저 사람 뭐야?"

"엠버 브라운이라는 변호사야. 실력이 아주 좋지."

"실력이 좋아? 설마 판사들을 홀려서 이기는 거야?"

"그런 부분도 없지는 않을걸."

"끝내주네."

손채림은 한국에서 볼 수 없는 분위기의 여자를 봐서 그런지 참 신기하다는 눈빛을 보내고 있었다.

"팜므파탈이라는 게 저런 거지 싶다. 한국에서 팜므파탈이니 뭐니 하는 애들은 그냥 꼬리 말겠는데?"

"인정한다."

상당한 카리스마와 엄청난 미모와 색기. 그리고 그걸 무기로 쓸 줄 아는 실력까지.

'실제로 변호사들이 피하기는 하지.'

일단 재판에 들어가면 판사가 혼이 반쯤 나간 상태로 재판하는 꼴이니까.

"그런데 단추는 왜 풀어? 속옷이 다 보이잖아. 그게 팜므파탈의 기본인가?"

슬쩍 자신의 블라우스를 내려다본 손채림은 머리를 흔들었다.

"포기, 포기."

"응?"

"안되는 건 깔끔하게 포기하자."

노형진은 피식 웃으면서 캐리어를 끌고 엠버를 따라갔다.

공항 바깥에는 기다란 리무진이 서 있고, 손채림에게 원인모를 1승을 거둔 엠버가 문을 열고 기다리고 있었다.

"움직이면서 이야기할까요?"

"그러지요."

차에 올라타고, 맞은편에 앉은 그녀는 자연스럽게 다리를 꼬았다.

그리고 그걸 본 손채림은 또다시 왠지 모를 패배감을 느끼며 한숨을 쉬었고 말이다.

"자주 좀 오시죠, 미스터 노."

"저도 바빠서요. 그래도 제가 없어도 드림 쪽은 잘 굴러가는 것 같더군요."

"그럼요. 다들 절박하니까요."

드림 로펌의 특징은 몰락한 변호사들에게 기회를 준다는 것이다.

극단적 자본주의사회는 실패를 용납하지 않는다.

그리고 미국은 극단적 자본주의가 지배하는 세상이다.

변호사가 미국에서 잘나가는 직업이라고 하지만 한순간의 실수로 무너지면 그대로 끝이었다.

당연히 그런 그들에게 드림 로펌은 마지막 기사회생의 기회일 수밖에 없었고, 그 기회를 잡은 변호사들은 살아남기 위해 악착같이 싸웠다.

그 덕분에 드림 로펌은 물러나지 않는 분위기와 높은 승률로 유명해졌고 말이다.

"사건 기록은 받았습니다. 정당방위로 살해당했다고요?"

"네. 그런데 가족들은 한국에 있어서 제대로 된 경위를 알지 못해서요. 그 사건, 좀 알아보셨습니까?"

"일단 주택 침입 사건입니다."

허형욱이 여자 혼자 사는 집에 들어가서 강간하려고 하다가 여자가 쏜 총에 맞아서 죽은 거라고 했다.

"그래요?"

노형진은 고개를 갸웃했다.

"혼자요?"

"아니요. 다른 사람들도 있었던 것 같습니다만, 그들은 도망갔어요."

"어떻게요?"

"총을 쏜 후에요."

강간을 피하고자 2층 침실로 도망쳐 들어간 여자가 총을 쐈고, 그 총알이 문을 뚫고 날아가서 허형욱의 가슴에 틀어박혔다.

총소리를 들은 다른 사람들은 그 즉시 도망쳤고.

"CCTV는 없대요?"

손채림은 고개를 갸웃했다.

그 정도면 충분히 CCTV로 추적이 가능할 것 같았기 때문이다.

하지만 엠버는 고개를 저었다.

"미국은 한국과 다릅니다. 워낙 땅이 넓어요. 그래서 주요 대도시 거점이 아니면 카메라가 그리 많지 않습니다."

"그래요?"

"네. 그리고 사고가 있던 곳은 그다지 잘사는 동네도 아니고요. 엄밀하게 말하면 빈민가보다 좀 더 나은 곳입니다."

"음……."

경찰이 추적하려고 했지만 증거는 없었다.

"다른 특이 사항은요?"

"증인도 없고 증거도 없어요."

"증거도 없다고요?"

"네. 녹음된 내용에 따르면……."

"녹음?"

"네, 녹음요. 발포 과정은 경찰의 지시에 따라서 진행된 거예요. 그게 정당방위의 가장 큰 이유가 되었고요."

"경찰이 사람을 쏘라고 시켰다고요?"

"네."

얼굴이 핼쑥해지는 손채림.

그녀의 상식으로는 이해가 되지 않았으니까.

"전에 말했다시피 미국은 자위권을 상당히 폭넓게 인정해. 무장이 자유로운 나라인 탓도 있지만, 워낙 땅이 넓다 보니 오로지 경찰에게만 기대기에는 시간이 오래 걸리거든."

더군다나 단순 무기도 아니고 총이 자유롭게 유통되는 나라다.

그래서 분 단위가 아니라 초 단위로 대응하지 않으면 피해자가 어마어마하게 발생할 수밖에 없다.

"웃긴 일이지만 총기 규제를 반대하는 가장 큰 이유 중 하나가 바로 그거죠."

"네? 하지만 총기가 없으면 총기 사고도 없잖아요."

"그러기에는 이미 늦었거든."

총기는 엄청나게 풀렸다. 이미 사라진 총기의 양은 어마어마하다.

그런 상황에서 총기 제한을 걸어 버리면, 법을 지키지 않는 놈들만 총기를 가지게 된다.

"하지만……."

"그러니까 문제야. 가령 총기 학살 사건이 나려 할 때 반대로 누군가 그를 쏴서 제압했다면 그런 피해가 나지 않았을 거라는 거지."

"정작 그 총기를 마음대로 살 수 있게 한 건 총기 협회잖아?"

"그러니까. 우리 눈에야 뻔한 일 같지만 사실 미국의 총기 문제는 닭이 먼저냐 닭걀이 먼저냐와 같이 난해한 문제야."

총기 소지를 금지하자니 이미 추적 불가능한 총기가 수백만 정 단위로 뿌려진 상황이라 자위도 힘들어질 수밖에 없다.

그렇다고 그냥 놔두자니 심심하면 터지는 게 총기 살인 사고다.

"와…… 머리 아프다."

"오죽하면, 어떤 코미디언이 총기 사고를 막으려면 총기가 아니라 총알을 비싸게 팔아야 한다고 했지. 문제는 그게 상당히 현실성이 있는 대안이라는 거야."

학살을 하고 싶어도 총알 한 발당 수십만 원씩 하면 하기 힘들다.

"사격 연습장 같은 데서는 싸게 파는 대신에 탄피를 관리하고 말이지?"

"그래."

"군대네."

노형진은 피식 웃었다.

틀린 말은 아니니까.

"중요한 건 어찌 되었건 경찰이 쏘라고 했다는 거야. 그랬다면 상황이 그만큼 급박했다는 뜻이지. 그나저나 엠버, 그러면 뭘로 쏜 건가요?"

"권총입니다. 스미스웨슨이라고 되어 있더군요."

"네? 스미스웨슨요?"

"네. 왜 그러시죠?"

"정확한 모델은요?"

"아직 파악 중입니다."

"흠."

"왜? 총이 중요해?"

"중요해."

"응?"

"그건 나중에 두고 보면 알고."

일단 사건 자체는 상당히 흔한 케이스다.

경찰에서도 그래서 별다른 조사 없이 무난하게 넘어가는

분위기고.

'그런데 그게 문제란 말이지.'

너무 무난하게 넘어가는 정당방위, 그런데 그럴 이유가 없는 범인, 전형적인 함정의 냄새.

"허형욱이 함정에 빠질 만한 이유는 알아보셨나요?"

"네, 일단 조사하고 있습니다만, 현재로서는 허형욱 씨가 그런 행동을 한 이유를 알지 못하고 있습니다. 그는 상당히 모범적인 학생이었거든요."

그는 학교에서도 모범적인 학생이었고, 또 딱히 튀지도 않았다.

전형적인 한국인 학생으로, 공부에 매진하는 타입.

"교우 관계는요?"

"나쁜 건 없었다고 보입니다. 여자 친구는 없었던 것 같습니다만."

"그건 예상하고 있었던 일입니다."

"그렇겠지요. 미스터 노의 말이 맞는다면, 있다면 그게 이상한 거겠지요."

한국에서야 주변의 시선이 있으니 사귀려고 노력하는 척이라도 할 테지만 여기는 아는 사람도 없으니 그럴 이유가 없다.

더군다나 미국은 한국보다 이러한 이성 문화에 대해 덜 부정적이다.

물론 좋게 보지는 않고 놀림감으로 삼기는 하지만, 한국처럼 미쳤다고 정신병원에 넣을 정도는 아니다.

"말이 안 되는데."

손채림은 고개를 갸웃했다.

"이런 일은 보통 교우 관계에서 틀어지는 경우가 많지 않나?"

"그렇지."

일반적으로 교우 관계에서 나쁜 친구를 사귀면서 나쁜 길로 빠지는 것이 보통이다.

부모들이 자기 자식은 착한 아이인데 다만 친구를 잘못 사귀어서 나쁜 길에 빠졌다고 주장하는 게 100% 맞는 것은 아니지만 100% 틀린 것도 아니다.

원래 나쁜 놈이 아닌 정상적인 사람이 나쁜 길로 간다는 것은 뭔가가 영향을 주었다는 얘기인데, 지금 같은 상황에서는 친구가 그런 존재일 가능성이 가장 높기 때문이다.

"그러면 누군가 그에게 그런 행동을 하자고 꼬셨다는 거 아냐? 더군다나 사람이 죽은 건데. 주변은 탐문해 보지 않았대? 세 명이었다면서?"

세 명의 사람들이 가택에 침입해, 그중 한 명이 죽고 두 명이 도망갔다.

그렇다면 나머지 두 사람을 찾으려고 하는 게 정상이다.

"안 그래도 경찰이 친구나 같이 행동했을 만한 사람을 찾았답니다. 하지만 주변에 그럴 만한 사람이 없다고 결론 내렸다고 하는군요."

"그래요?"

"네. 한국과 다르게 미국은 강간에 대한 처벌이 엄청납니다."

노형진은 입안이 씁쓸했다. 실제로 그러니까.

"거기에 가택침입까지 해서 강간이라니, 못해도 10년 형 이상 나올 강력 범죄입니다. 그 정도면 한국식 표현을 빌리자면 막장급 범죄자라는 소리입니다."

"잘 아시네요?"

"요즘 한국어를 배우고 있습니다. 미스터 노의 나라에 가보고 싶어서요."

"볼 건 없을 겁니다, 하하하."

노형진은 웃고 말았다.

"어찌 되었건 깨끗하던 사람이 갑자기 돌변한 상황입니다. 사건 자체는 이해가 되는데 상황은 이해가 가지 않습니다."

"함정에 빠지면 보통 이런 경우가 많지요."

한국에서도 허형욱은 멀쩡한 삶을 살아왔다.

자신이 게이라는 것을 잘 감췄고, 심지어 짧게 짧게 만나기는 했지만 여자 친구들도 있었다.

즉, 자신을 감추려고 많은 노력을 했다는 것이다.

'그런 사람이 갑자기 강간범으로 돌변할 리 없지.'

강간범들의 특징은 자신을 제대로 통제하지 못한다는 것이다.

하지만 허형욱의 삶은 자신을 감추기 위한 통제로 점철되어 있다.

그 통제가 일순 느슨해져서 풀렸다 해도, 남자를 강간하려 들면 모를까 여자를 강간하려 들었을 리 없다.

"일단은 서류를 좀 봐야겠군요. 그리고 학교에 있는 기숙사에 가서 이야기를 들어 보고 싶은데, 가능할까요?"

"그럼요. 그러면 일단 방향을 회사로 돌릴까요?"

"그러지요. 숙소는 나중에 가도록 하고요."

가능하면 빨리 사건을 마무리 지어야 할 것 같다는 생각에 노형진은 좀 더 서두르기로 했다.

⚖

"뛰어난 학생이었지요."

허형욱의 담당 교수는 그를 그렇게 표현했다.

"세심한 데커레이션 실력이 인상 깊었습니다. 요리 실력이 아주 뛰어난 건 아니었지만 데커레이션은 정말 세심하고 정교하게 했어요. 데커레이션 실력 자체는 무척이나 좋았지요."

노형진은 고개를 끄덕거렸다.

그의 성향을 보면 그쪽으로 성향이 충분히 있으니까.

"그가 다른 이야기를 한 적은 없나요? 좋아하는 여자라든가, 다른 문제라든가."

게이라고 했지만 그걸 주장하는 것은 허삼욱 한 명뿐이다.

그러니 게이라는 것을 완전히 믿을 수는 없으니 확인은 해야 한다.

그런데 교수는 그 질문에 고개를 흔드는 것으로 답했다.

"전혀요. 그는 여자에 관심이 별로 없었어요."

"네? 없었다고요?"

"네. 여기는 요리 학교입니다. 상대적으로 여성 학우가 많지요."

그중에서 일부는 허형욱에게 관심을 보였다고 한다.

하지만 그는 그런 여성 학우들과 친밀하게 지내기는 할지언정 이성으로서 관계를 맺었다는 말은 듣지 못했다는 것.

"젊은 남자들, 알지요? 혹시나 여자가 자신에게 관심을 조금이라도 보이면 바로 어떻게 해 보려고 한다는 거요."

교수는 흔하게 벌어지는 일인 듯 말했다.

하긴, 그 입장에서는 매년 보는 일일 테니까.

"하지만 미스터 허는 데이트를 신청하거나 하는 경우가 없었어요. 개인적으로 같이 식사하는 경우도 드물었고."

"그러면 그의 룸메이트는요?"

"그의 말에 따르면 거의 대부분의 시간을 방에서 보냈다고 하더군요."

"음."

그렇다면 아마 게이가 맞을 거라는 생각이 들었다.

미국은 개방적인 국가다. 그래서 마음에 드는 상대방과 함께 시간을 보내는 것은 그다지 흠이 되지 않는다.

'딱히 허형욱이 유교적인 생각을 가진 사람은 아닌 듯하고.'

결국 학교에서는 그와 관련된 다른 뭔가는 없다는 뜻이다.

"그러면 혹시 사고를 낸 사람도 이 학교 학생인가요?"

"아니요. 우리는 그 사람이 누군지도 모릅니다."

"그래요? 그러면 그 당시에 기숙사에서 이탈한 사람이 있나요?"

"아니요, 없습니다. 그 부분은 우리가 확실하게 자부할 수 있습니다."

"하지만 기숙사는 상당히 자유롭지 않나요?"

"다른 곳은 모르지만 우리는 상당히 통제합니다. 더군다나 다음 날 중간 실기 시험이 있었습니다. 그래서 전날 대부분의 학생들의 위치를 파악했지요."

"중간 실기 시험요?"

"네."

그러면 더 말이 안 된다.

멀쩡하던 사람이 시험을 앞두고 갑자기 돌변해 가택 침입, 강간을 시도한다?

"경찰은 뭐라고 하던가요?"

"뭐, 시험 스트레스로 인한 범죄 같다고 했죠."

"그 시험이 그렇게 중요한 거였습니까?"

"전혀."

어깨를 으쓱하는 교수였다.

단순한 테스트일 뿐이라서, 혹 떨어진다고 해도 낙제시키거나 방출하는 등의 불이익은 없다고 했다.

"거기에다 그다음 날 시험 과목은 데커레이션이었습니다. 미스터 허가 가장 자신 있어 하는 분야였지요."

그럴 정도면 그가 스트레스를 받을 이유는 전혀 없다.

"감사합니다."

노형진은 그렇게 몇 가지 질문을 해 보았지만 딱히 의미 있는 내용은 없었다.

그가 바깥으로 나왔을 때, 기숙사로 갔던 손채림과 엠버도 나오는 중이었다.

"뭐가 있나요?"

"전혀."

"허형욱에 대해 나쁜 감정은 없는 듯했습니다."

"혹시 나쁜 일을 꾸미거나 할 만한 사람은?"

"전혀요. 우리가 만나 본 이들 중에 그런 사람은 없어 보이더군요."

'자신의 본모습을 감추는 걸까?'

그렇게 생각하던 노형진은 고개를 흔들었다.

정말로 강간을 시도했던 놈이라면 이렇게 여성 학우가 많은 상황에서 자신을 감추는 데에는 한계가 있었을 것이다. 이미 사고를 치고 쫓겨났어야 정상이다.

'물론 자신을 감추는 데 능한 놈일지도 모르지만.'

하지만 그런 놈은 필연적으로 범죄가 상당히 조심스럽고 계획적인 스타일이 될 수밖에 없다.

그런데 이번 사건은 그게 아니다.

그냥 다짜고짜 쳐들어가서 강간하려 들었다는 식의 사건.

띠리링.

때마침 울리는 엠버의 휴대폰 벨 소리.

엠버는 문자가 온 것을 확인하고는 노형진에게 고개를 돌렸다.

"미스터 노, 사건 기록을 얻는 데 성공했답니다. 바로 들어가시겠어요?"

"아, 그래요?"

아무리 변호사라고 하지만 관련이 없는 사건의 자료를 얻는 데에는 한계가 있다.

그래서 허삼욱의 의뢰를 받았다는 걸 증명하고 자료를 요청했는데, 드디어 나온 모양이었다.

"일단 그걸 확인해 봐야겠군요, 이곳에서는 얻을 수 있는 게 없는 듯하니."

노형진은 학교 건물을 힐끔 보면서 중얼거렸다.

"끄응, 이건 말도 안 되는데?"

자료에는 현장의 사진과 진행 상황이 적혀 있었다.

그런데 그 기록에 따르면 허형욱과 다른 범인 두 명이 피해자의 집에 들어가서 강간을 시도한 정황이 보인다는 것이다.

현관으로는 유리창을 부수고 들어갔고, 그 후에 2층 침실로 도망가 숨은 피해자를 끌어내기 위해 커다란 소방용 도끼로 문을 부수었다.

그리고 그 와중에 피해자가 총을 쏴서 허형욱이 쓰러지고, 다른 가해자들이 그걸 보고 도망갔다는 것이다.

그래서 사방에 허형욱과 다른 사람들의 족적이 찍혀 있다는 것.

"엠버가 보기에는 어때요?"

"전형적인 사건이네요. 이게 문제인가요?"

"일단 현장에 가서 이야기해 보죠."

노형진은 엠버와 손채림을 데리고 현장으로 향했다.

그곳에는 미리 이야기를 들은 경찰들이 와서 기다리고 있었다.

"고생이 많으십니다."

"별말씀을요."

"피해자는 어떤가요?"

"현재 모처에서 쉬고 있습니다. 이곳은 오고 싶지 않다고 하더군요."

"네."

노형진은 고개를 끄덕거렸다. 그건 당연한 마음이니까.

"그러면 안을 살피는 건 문제가 없지요?"

"없을 겁니다. 대부분의 증거는 수집했으니까요. 하지만 혹시 모르니 건드리지는 마세요."

"그러지요."

노형진은 안으로 들어가서 주변을 살폈다.

전형적인 2층집, 미국의 중산층 집이다.

'슬럼화되고 있는 중하위권 지역.'

그리고 그곳에 살고 있는 피해자.

'거기에다 여기는 허형욱이 살고 있는 곳과는 거리가 좀 있다. 왜 여기로 온 걸까?'

노형진은 천천히 안을 살폈다.

그러다가 우뚝 멈췄다.

"1층은 볼 게 없을 것 같네."

"네? 어째서죠?"

"너무 깨끗해요."

족적이 남아 있기는 하지만 그 양은 그다지 많지 않다.

더군다나 그 흔적은 바로 위로 올라가고 있었다.

"그래서 강간이라 생각한 모양이군요."

도둑이라면 뭔가를 훔치기 위해 이곳저곳 뒤졌을 것이다.

하지만 그러지 않고 바로 침실이 있는 위층으로 올라갔다.

"잠깐 위에 올라가 봐도 될까요?"

"그럼요."

경찰의 허락을 받아서 위에 올라갔을 때 그들의 눈에 보인 것은, 도끼에 의해 반쯤 부서진 문이었다.

노형진은 그곳에 난 구멍으로 안쪽을 스윽 살폈다.

"안쪽이 잘 보이네."

거기에 문을 부수려고 그런 건지 발로 찬 흔적도 있고 말이다.

"잠깐 안으로 들어가 보죠."

노형진은 안으로 들어갔다.

그리고 침대를 물끄러미 바라보다가 옷장으로 향했다. 옷장 안에는 가지런하게 옷이 들어차 있었다.

거기까지 확인한 노형진은 한숨을 쉬었다.

"이거 아무래도 사건이 이상하군요."

"이상해요?"

"일단 간단한 실험을 해 봅시다."

"무슨 실험이지요?"

"엠버, 문밖에 서 주세요. 채림이는 안에 들어와서 소리를 질러 봐."

"소리?"

"그래, 뭐든."

"알았어."

엠버는 바깥에서 멀뚱하니 두 사람을 바라보았고, 손채림이 방으로 들어오자 노형진은 문을 닫았다.

그리고 손채림이 버럭버럭 소리를 질러 댔다.

잠시 후 노형진은 문을 열고 엠버에게 물었다.

"어때요? 뭐라고 하는지 들리던가요?"

"미국 햄버거는 무식하게 커서 다이어트에 도움이 안 된다고……. 그 말에는 동의합니다만, 이게 무슨 의미가 있지요?"

"의미가 있습니다. 그러니까 소리 지르는 게 잘 들린다는 거지요?"

"네."

"바로 그겁니다. 우리가 받은 자료 중에는 911에 신고하는 내용도 있습니다. 그리고 그들의 명령에 따라서 발포했다고 하고요. 그런데 강간범들이 그걸 듣고도 도망가지 않고 문을 부수고 있었다고요?"

"아!"

엠버는 자신도 모르게 탄성을 질렀다.

그건 말도 안 된다.

분명히 여자가 총을 가지고 있다는 것도, 당장 경찰이 오고 있다는 것도 알았을 것이다.

그런데 도망을 가지 않았다?

"하지만 문을 부수느라고 듣지 못했을 수도 있잖아? 흥분 상태면 더 그렇고. 아니면 자기 얼굴을 봤으니 죽이고 도망가려고 했을 수도 있고."

손채림은 노형진의 말에서 정확하게 문제점을 지적해 냈다.

"그건 그렇다고 치고, 다른 걸 보자. 이 방 안이 사건 이후에 바뀐 게 없다고 했지?"

"그렇지."

"그러면 그 당시 피해자가 있었던 곳은 어디일까?"

"응…….."

두 사람은 주변을 보다가 침대를 가리켰다.

그곳이 시트가 흐트러진 채로 있었으니까.

"여기네. 전화기도 여기에 있고."

"그래. 그게 두 번째 의문 사항이야."

"응?"

"이 위치대로라면 피해자는 상대방이 문짝을 부수는 광경을 두 눈으로 보면서 전화를 했다는 이야기가 돼. 피해자의 행동이 심리학적으로 말이 안 되는데?"

"그렇군요. 그런 경우는 대부분 몸을 피하고 싶어 하는 게 정상이니까요."

아무래도 그런 상황에 놓인다면 본능적으로 몸을 숨길 수 있는 곳, 그러니까 옷장 같은 곳을 찾아들어 갔을 것이다.

"그래서 네가 아까 옷장을 본 거구나?"

"그래. 그런데 옷장을 보니까 옷이 깔끔하게 정리되어 있더라고."

"그러네."

"그리고 다른 옷도."

"응?"

"아니야. 그건 나중에 이야기하자, 확실하지 않으니."

"전화선이 거기까지 안 가서 그런 거 아냐?"

고개를 갸웃하는 손채림.

확실히 이 방 안에 있는 것은 유선전화다. 아마도 유선전화와 무선전화기 일체형인 모양인데, 무선전화기는 1층에 둔 듯했다.

"그랬다면 최소한 침대 너머나 침대 아래에라도 숨으려고 했을 겁니다. 하지만 그런 흔적이 없네요."

엠버도 그게 이상하다고 생각했는지 주변을 살폈다.

"그리고 아직까지 이해가 가지 않는 게 하나 있어."

"어떤 건데?"

"총."

"총?"

"난 스미스웨슨이라고 해 그러려니 했거든. 너도 서류를 봐서 알겠지만 거기에 모델이 나와 있어. 그런데 모델이 스미스웨슨 500매그넘이야."

"그런데?"

"그건 여자는 거의 안 쓰는 모델이야."

"응?"

"총기도 급이라는 게 있어. 권총이라고 해서 다 같은 권총이 아니라고."

스미스웨슨의 경우는 권총을 몇 가지 사이즈로 정해 만든다.

제일 작은 게 J프레임, 그다음이 K프레임, 그다음이 N프레임이다.

프레임 단위가 클수록 총도 커지고 위력도 강해진다.

"그리고 500매그넘은 X프레임을 쓰는, 현존하는 가장 강력한 권총 계열이지."

"그래서 그걸 쓰지 말라는 법이 있어?"

"물론 그건 아니지. 하지만 권총의 기본 목적은 자위용이야. 자신을 지키는 거지."

하지만 500매그넘은 자위용으로는 쓰기 부족하다.

아니, 정확히는 너무 과해 부족하다.

왜냐하면 워낙 강력해, 어지간한 남자들도 연발로 쏘지 못하기 때문이다.

설사 쏜다고 해도 명중률이 급격하게 떨어질 수밖에 없다.

한 방에 적을 박살 내기 위한 물건이 바로 500매그넘 같은 놈들이다.

"그런데 여자가 500매그넘을 자위용으로 집에 둔다고? 정말로 자기를 지키기 위한 용도라면 더 작은 게 좋지. 너무 강력해서 제대로 쏘기도 힘든 총을 자위용으로 쓰기는 그렇잖아? 권총 명중률이 낮은 거야 다 아는 사실이니 연발이라도 가능해야지. 그런데 더 이상한 건, 500매그넘은 리볼버 형태라는 거야."

리볼버는 스스로를 지키는 자위용으로는 추천받지 못하는 모델이다.

왜냐하면 형태적 한계로 인해 장탄 수에 한계가 있을 수밖에 없기 때문이다.

500매그넘 같은 경우는 총알이 다섯 발밖에 들어가지 않는다.

하지만 여자들이 쓸 만한 콤팩트한 형태의 자동 권총들, 가령 M 시리즈 같은 경우에는 장탄 수가 15개다.

당연히 자동 권총이라 반동도 작고 연사도 쉽다.

탄창 형식이라 탄환의 보급도 편하고.

"500매그넘은 여자가 자기 보호용으로 쓰는 경우보다는 허세용이 더 많지."

"허세?"

"그래."

위력이 위력인 만큼 집에서 호신용으로 쓰는 사람이 없는 건 아니다. 휴대용이나 전투용으로 쓰기는 너무 무거우니까.

그러나 상대적으로 비싼 가격이 문제다.

500매그넘의 가격은 1천 달러가 넘는데, 더 강력하고 위력적인 샷건이 미국에서는 싼 게 300달러 이하다.

"한 방에 상대방을 제압하려고 그러는 거 아니야?"

"그럴 거라면 샷건을 쓰지. 샷건은 빗나갈 가능성도 낮으니까. 영화에서 자위용으로 샷건을 쓰는 건 그냥 폼 나서가 아니야. 가장 적당하기 때문이지."

산탄총, 즉 샷건은 실내에서 사격할 때는 절대적인 위력을 자랑한다.

비록 장탄 수가 부족하고 연사력이 떨어지지만 사방이 막혀 있는 실내에서 샷건 탄으로 공간을 도배해 버리면 빗나가는 것이 불가능하다.

"음……."

결론은, 500매그넘은 이런 사건에서 쓰일 만한 총기가 아니라는 것.

"그러면 뭐야? 진짜로 함정이라는 거야?"

"그런 것 같아."

노형진은 확실하게 심증을 굳혔다.

하지만 여전히 문제가 남아 있었다.

"그러면…… 도대체 왜 함정을 판 건지, 그리고 누가 죽인 건지가 남지."

문제는 여전히 해결의 끝이 보이지 않았다.

함정을 깨다

　결국 사건 자체가 함정이라는 것을 알아채는 것은 어려운 일이 아니었다.

　"하지만 이것만으로는 무죄를 끌어낼 수가 없어요. 일단 허형욱이 이 집 안으로 들어온 것은 명확합니다."

　허형욱이 이 집 안으로 들어와서 뭔가를 하려고 했던 것은 명확하다.

　그러나 자신들이 찾아낸 증거들은 허형욱이 함정에 빠졌을 가능성을 논하는 정황증거일 뿐, 그가 무죄라는 증거가 아니었다.

　"그러면 일단 피해자에게 집중을 해 봅시다. 함정을 판 거라면 그녀가 관련이 있을 테니까요."

엠버의 말에 노형진은 일단 다른 쪽으로 조사해 보기로 했다.

"피해자가 메이웨이라는 중국인 여성입니다. 중국에서 미국으로 유학을 온 사람이고요."

"유학을 온 지는 얼마나 되었지요?"

"3년 정도 되었습니다."

"전공은요?"

"전공은 미술입니다."

피해자를 조사해 봤지만 딱히 특별한 게 없는 사람이었다.

'하지만…… 뭔가 있어.'

사실 다른 거라면 모르겠는데 그곳에 남아 있는 흔적을 봐서는 그녀는 절대로 피해자로서 행동한 게 아니다.

상식적으로 도끼질을 하는 걸 뻔하게 바라보면서 통화를 할 리는 없지 않은가?

"그 주변 인물은요?"

"피해자다 보니 딱히 조사는 하지 않은 모양이더군요."

"허형욱과의 접점은요?"

"전혀요. 사는 동네도 다르고, 다니는 학교도 다르고, 전공도 다르고요."

"다른 곳에서 만났을 가능성은?"

"제가 봐서는 없습니다."

허형욱은 요리를 전공하고, 하루 종일 학교의 주방에서 연습하던 사람이다.

반대로 메이웨이는 미술을 전공해 그림만 그리던 사람이고.

"아르바이트를 하다가 마주쳤을 가능성은요?"

"그럴 가능성도 제로예요."

허형욱이 아르바이트하던 곳은 요리 쪽 학생들이 다 그렇 듯이 주방이었다.

그에 반해 메이웨이는 식당도 아니고 여성복 매장에서 점 원으로 아르바이트를 했다.

"결국 접점은 없다는 거군요."

"네."

"하지만 그것도 말이 안 되지 않습니까?"

강간이라는 것도 어느 정도 접점이 있어야 한다.

하다못해 여자는 몰라도, 남자는 어디선가 그녀를 보고 스 토커 짓을 하는 게 기본이다. 처음 보는 여자를 강간하겠다 고 들어가는 경우는 거의 없다.

거기에다 그렇게 접점이 없는 여성의 집을, 누가 있는지 알고 무조건 쳐들어가겠는가?

진짜로 샷건이라도 가지고 있으면 걸레짝이 되어 버릴 텐데.

"그래서 경찰은 주범은 그 도망간 놈들 중에 있을 거라 생 각하고 있어요."

"그래요?"

그러면 허형욱이 접점이 없을 수도 있다.

그때 듣고 있던 손채림이 문득 고개를 갸웃하며 물었다.

"잠깐만. 그럼 이상하잖아. 네가 전에 강간은 인종별 취향을 좀 탄다고 하지 않았어?"

"그랬지."

"그런데 주범이라면 그 인종이 동양인이라는 소리 아닐까?"

"음."

노형진은 생각에 잠겼다.

인종별 선호도.

그건 각 인종별로 사람들이 가지고 있는 하나의 미적 기준이다.

가령 동양인은 같은 동양인에게서 아름다움을 느끼고, 백인은 같은 백인에게서 아름다움을 느낀다. 그건 흑인도 마찬가지.

인종차별의 문제가 아니라, 진화의 내부에 있는 유전자가 그렇게 느끼게 만드는 것이다.

"하지만 여자가 다른 두 명은 히스패닉으로 보였다고 했다면서?"

"글쎄, 인종적 취향이 절대적인 건 아니니까. 실제로 인종이 다른 사람과 사랑해서 결혼하는 경우도 많잖아."

"하긴."

결혼은 확실히 그렇다.

'하지만 강간은 좀 더 말초적이고 좀 더 감각적이다. 즉, 본능에 휘둘리는 거지.'

그런 점에서 보면 히스패닉이 먼저 동양인을 강간하자고 선동할 가능성은 그다지 높아 보이지 않는다.

아예 가능성이 없는 건 아니지만.

"메이웨이의 증언도 신빙성이 확실하다고 생각할 수는 없을 것 같네요."

엠버는 단호하게 말했다.

"함정인 이상 그 역시 함정을 판 자들과 한통속이라고 봐야 합니다."

"그렇겠지요."

그렇다면 당연히 수사의 시작점은 다름 아닌 메이웨이가 되어야 할 것이다.

"그녀가 현재 호텔에 묵고 있다고요?"

"네."

"그러면 그곳으로 가서 만나 볼 수 있을까요?"

"아마 그건 힘들 겁니다. 하지만 경찰서에서는 가능할지도 모르겠네요."

노형진은 고개를 끄덕거렸다.

"그러면 자리를 좀 만들어 주십시오."

⚖️

얼마 후 경찰의 동석하에 노형진은 메이웨이를 만날 수 있었다.

그녀는 잔뜩 겁먹은 표정으로 변호사와 함께 나왔다.

"메이웨이 씨?"

"네."

"저는 가해자인 허형욱 씨의 가족인 허삼욱 씨의 변호사입니다."

노형진은 그에게 자기소개를 하고 사건에 관련된 질문을 던졌다.

"그래서 전혀 알지 못하는 사이라고요?"

"네, 본 적도 없어요."

"그러면 당신을 어디서 따라왔다고 생각하세요?"

"글쎄요. 저도 모르지요."

"다른 범인들이 히스패닉 계열이라고 했지요?"

"네."

"혹시 이전부터 아는 사람이었나요?"

"아니요."

"그러면 그들이 히스패닉인 걸 어떻게 알았지요? 여기 진술서에 따르면 그들은 후드를 뒤집어쓰고 있었다는데요."

"그게, 멕시코 말로 뭐라고 떠들어서……."

"멕시코어를 할 줄 아십니까?"

"주워들은 게 좀 있어서요."

"뭐라고 하던가요?"

"그게······."

"잠깐만. 왜 우리 피해자를 자꾸 취조하는 겁니까? 우리는 사건에 협조해 주러 온 거지 우리가 범인이 아닌데요?"

상대방 변호사는 상당히 불편한 얼굴로 노형진을 노려보았다.

노형진은 그에게 손을 들어 보이며 사과했다.

"취조가 아닙니다. 그냥 그 범인들의 특징을 알고 싶어서요. 우리도 그 범인을 잡아야 하니까요."

"우리는 아는 게 없습니다. 관련 진술은 경찰에 했으니까 그런 게 궁금하면 경찰서에서 진술을 확인하십시오."

"하지만 우리도 범인에 대해 알아야 조사를 하지요."

"우리는 더 이상 할 말이 없습니다. 메이웨이 양, 가시지요."

벌떡 일어나는 변호사를 보면서 노형진은 그의 손을 탁 잡았다.

"잠시만요."

노형진이 바라보자 그는 불편한 얼굴로 어정쩡하게 멈춰섰다.

"무슨 일입니까?"

"한 가지만 확인하지요."

"확인?"

"잠시만."

노형진은 가방에서 뭔가를 꺼냈다.

그러자 그걸 본, 같이 있던 경찰의 눈빛이 순간 차가워졌다.

"아, 진짜가 아닙니다. 모조품입니다. 확인해 보시겠어요? 비비 탄 총입니다."

경찰은 권총을 넘겨받아 살폈다.

"음, 가짜 같군요."

딱 잡아 봐도 진짜와는 전혀 다른 촉감이 느껴졌다.

묵직한 강철이 아닌, 훨씬 가벼운 플라스틱의 느낌.

"확실히 모조 권총이군요."

이리저리 살펴본 경찰은 다시 권총을 노형진에게 건네줬다.

"이거 잠깐 잡아 보시겠습니까?"

"그러지요."

장난감 권총을 주는 노형진의 행동이 이해가 가지 않는 메이웨이였지만, 일단 그녀는 노형진이 시키는 대로 그걸 집어 들었다.

"좋습니다."

그걸 잠깐 보던 노형진은 사진을 몇 번 찍고는 고개를 끄덕거렸다.

"오늘은 여기까지 하지요. 우리가 도움을 부탁드려도 될까요?"

"아마 더는 볼일이 없을 겁니다. 당신들은 가해자고 우리는 피해자라는 점, 잊지 마세요. 우리는 여기까지 와 준 것만 해도 최선을 다한 겁니다."

이것이 법이다

변호사는 메이웨이를 데리고 바깥으로 나갔다.

노형진은 그런 변호사를 보고 왠지 모를 미소를 지었다.

"우리도 나갈까요?"

그들이 나가자 바깥으로 나온 노형진.

엠버는 나오면서 경찰서를 뒤돌아보았다.

"확실히 제대로 된 건 아무것도 건지지 못했네요. 정보도 없었고, 저쪽도 도와줄 생각이 없는 것 같고."

"내가 봐도 그러네."

손채림은 짜증 난다는 듯 말했다.

그런데 의외로 노형진은 얼굴에 미소가 가득했다.

"넌 좋은가 봐?"

"난 많이 건졌는데."

"많이 건졌다고?"

"뭘 건졌다는 거죠? 저들은 우리에게 아무런 말도 하지 않았는데요."

"서열요."

"서열?"

"네. 아까 변호사의 행동을 보셨나요?"

"변호사?"

"싸가지가 없기는 하던데, 왜? 거기서 뭘 건졌다는 거야?"

변호사는 거의 말도 하지 않았는데 그에게서 무슨 단서를 건졌단 말인가?

"변호사는 사회적으로 보면 강자이지요. 아주 중요한 사람이고요. 성공한 사람에 속하죠. 엠버도 그건 알 겁니다."

"아주 잘 알지요."

그 자리에 있다가 바닥으로 떨어졌으니 그 자리가 얼마나 높은지 누구보다 잘 알고 있었다.

"그런데 말이지요, 변호사보다 더 갑인 사람이 있습니다."

"갑? 아아, 더 높은 사람 말이군요? 그런 사람이야 얼마든지 있습니다만."

"하지만 사건 관계에서는 아니지요. 의뢰인은 변호사에게 절대적으로 우선 대상입니다. 그건 어느 나라나 마찬가지일 거예요. 엠버도 그렇지요?"

엠버는 고개를 끄덕거렸다.

변호사는 변론할 때 절대로 의뢰인을 무시하지 않는다.

의뢰인을 지켜야 하는 것이 변호사인데 그런 변호사가 의뢰인을 무시하는 순간, 제대로 된 변론은 물 건너간 셈이 되기 때문이다.

물론 사회적으로 급이 다른 경우가 있다고 하지만 그렇다고 해도 변호사가 의뢰인에게 일을 받아서 돈을 번다는 것은 바뀌지 않는 현실이다.

"그런데 아까 그 변호사는 메이웨이가 뭐라고 하기도 전에 자기가 나서서 마구 공격하더군요."

"그거야, 그런 게 변호사의 업무니까요."

필요하다면 끼어들어서 자신의 의뢰인을 지키는 것이 변호사다. 그러라고 고용하는 거니까.

"그렇지만 아까 그 변호사는 우리뿐만 아니라 메이웨이에게도 상당히 억압적인 분위기를 풍기더군요."

"아…… 그러네요."

"변호사가 아니라, 메이웨이가 눈치를 보는 것 같았어."

변호사는 단순히 말을 자르는 정도가 아니라 거의 메이웨이를 윽박지르는 분위기였다.

아까 나갈 때도 같이 나갔다기보다는 그가 메이웨이를 끌고 가는 것처럼 보일 지경이었다.

"확실히 정상적인 관계는 아니군요. 그런데 거기에서 뭘 얻었다는 거지요? 변호사의 인성이 개판이라는 것?"

"아닙니다. 변호사가 그런 인성을 가지고 사업한다고 해도, 고용인은 절대 갑입니다. 그러니까 그 정도까지는 하지 못하지요."

"그러면?"

"고용인은 따로 있다는 것."

"네?"

"고용인은 따로 있고, 그를 위해 메이웨이를 지키는 거라면 어떻게 될까요? 실제로 그런 경우가 없는 것도 아니고요."

"으음……."

확실히 그런 경우가 종종 있다.

타인이 남을 위해 변호사를 선임하는 것은 불법이 아니다.

"하지만 이런 경우, 고용된 변호사는 상대방에 대한 일종의 감시인 역할도 하게 됩니다."

"아! 그래서 그렇게 주눅이 들었던 거구나?"

"그래."

메이웨이는 상당히 주눅이 든 채로 극도로 조심스럽게 대답을 했다.

물론 말을 조심하는 게 없는 경우는 아니지만 의뢰인이 변호사의 눈치를 보는 경우는 드물다.

"그런데 그게 이번 사건과 관련이 있나요?"

"있지요. 그녀가 아니라면 다른 사람이잖습니까?"

"그렇지요."

"그런데 아까 지켜본 바로는 그녀가 변호사의 눈치를 보는 것 같았습니다. 즉, 그 변호사가 정보원 노릇을 한다는 거죠. 능력이 되는 변호사가 누군가의 정보원 노릇을 하면서 감시자 노릇까지 한다. 그렇다면 진짜 의뢰인과 전에는 관련이 없었을까요?"

"아하! 그렇군요. 전에 어떤 식으로든 관련이 있었을 가능성이 높군요."

"그렇겠지요."

정보원이나 감시자 노릇은 무조건 시키는 게 아니다.

믿을 만하고, 자신을 배신하지 않을 사람에게 시키는 것이다.

"변호사의 과거 기록을 찾아보면 그 사람이 누군지 알 수 있겠지요."

"그래서 메이웨이에게 관심이 별로 없었던 거구나!"

"그래. 함정을 판 사람이 누군지 모르지만 이 정도로 공을 들인 사람이라면 메이웨이에게 감시자를 붙일 것은 당연하니까."

처음에는 바깥에서 감시할 거라 생각했다.

그러나 경찰서 바깥에서는 이상 징후가 없었다. 오로지 변호사만 이상할 정도로 예민하게 굴었다.

"그를 캐 보면 뒤에 누가 있는지 알아낼 수 있겠네요."

"그러면 허형욱 씨의 죽음의 이유도 알 수 있을 겁니다."

노형진은 고개를 끄덕거리며 말했다.

⚖️

"알아냈습니다."

얼마 후 엠버는 제법 두툼한 서류를 가지고 왔다.

"기존의 사건들을 조사해 봤는데, 한 단체와 연관되어 있더군요."

"갱단인가요?"

"어떻게 아셨습니까?"

"갱단이 아니고서야 이런 식으로 일을 처리하지는 않을 테니까요. 누굽니까?"

"WCC라는 곳입니다."

"WCC?"

"네, WCC는 월드 코어 차이나, 그러니까 '세계의 중심은 중국'이라는 이름으로 활동하고 있는 갱단입니다. 당연히 중국계 갱단이고요."

"으음."

그런데 공교롭게도 메이웨이는 중국인이었다.

게다가…….

"메이웨이가 그곳 보스의 여자인 것 같습니다."

"그래요?"

"네. 이번 사고에 사용된 총도 명의는 그녀의 이름으로 되어 있었지만 실제로는 보스가 들고 다녔다는 증언이 있더군요."

"음."

하긴, 중국 갱단의 보스에게 총기 허가가 나올 리 없다.

물론 대부분의 무기들은 몰래몰래 구할 수 있지만 몇몇 무기들은 힘들다.

'특히나 스미스웨슨 500매그넘은 더 그렇지.'

일단 크고 투박하고 무겁고 총성도 커서 들고 다니는 게 쉽지 않기 때문에 많이 유통되지도 않는다.

게다가 경찰의 방탄복을 뚫을 수 있는 몇 안 되는 총이다 보니, 경찰에서도 눈에 불을 켜고 쫓아다닌다.

미국 경찰의 일반적인 방탄복은 대부분의 권총을 막지만 500매그넘은 워낙 위력이 강해 그걸 뚫고 경찰을 죽일 수 있기 때문이다.

"그러면 대충 그림이 나오는군요."

어떤 이유에서인지 WCC의 보스가 허형욱을 죽였다.

문제는, 그게 걸리면 좋게 끝나지는 않는다는 것이다.

경찰에게도 위협적인 총기가 사용되었으니 경찰도 WCC를 끝까지 추적할 것이다.

그러면 보스뿐만 아니라 조직도 위험하다.

"그래서 강간에 대한 정당방위로 사살한 것처럼 했을 가능성이 높겠네."

"그렇겠지. 원래 총기도 메이웨이의 이름으로 등록되어 있으니까."

족적 같은 건 적당히 허형욱의 신발을 신고 걸어다니면 얼마든지 만들어 낼 수 있다.

"증언에서 히스패닉이라고 한 것도 이해가 되고."

중국계 갱단이니, 피해자가 범인이 히스패닉이었다고 증언하면 의심의 시선에서 벗어날 테니까.

"이제 남은 건, 왜 WCC 보스가 허형욱을 죽였느냐는 거군요."

이유가 없다.

그의 성격을 보면 위험한 짓을 했을 가능성은 높지 않다.

한국 갱단이나 적대적 갱단에 들어갔을 가능성도 없다.

또 다른 가능성, 그들의 범죄를 목격하거나 해서 증인이 될 가능성이 있었다고 보기에는, 허형욱과 그들과 생활 구역이 너무 다르다.

"한 가지 가능성이 있습니다."

한참 고민하던 엠버가 조심스럽게 의견을 꺼냈다.

"한 가지 가능성요?"

"네. 이런 사건은 아무래도 제가 몇 번 봤으니까요. 얼마 전에 WCC의 보스인 펑위안이라는 사람의 형이 죽었습니다."

"펑위안?"

"네, 그의 형인 펑쉬안이 죽었다고 했어요."

"그런데요? 그게 이번 사건과 관련이 있나요?"

"그들에 대해 조사하다 나온 건데, 펑쉬안이 게이였답니다."

노형진은 눈을 찌푸렸다.

드디어 나온 공통점.

그리고 그 이후의 그림이 자연스럽게 그려졌다.

"좋은 일은 아닌 것 같네요."

"그렇지요. 거기에다 그들 가문은 폭력배 집안이었으니까요."

남성적인 조직인 갱단.

그것도 그곳을 이끌어 가는 갱단의 장남이 게이라면 그건 아주 심각한 문제다.

부하들의 신망도 얻을 수 없고, 또한 부하들이 그를 따르지도 않는다.

"공식적으로 펑쉬안의 사인은 약물중독입니다. 마약을 과다하게 맞았다고 하더군요."

"이해가 안 가네요."

"어째서?"

흔하게 벌어질 수 있는 일이다.

그런데 이해가 안 간다니?

하지만 그건 손채림은 알지 못하는 미국 특유의 문화 때문이다.

과거 경험이 있는 노형진은 그걸 알고 있었다.

"미국에는 이런 말이 있지. 마약을 사는 놈은 중독되어도 마약을 파는 놈은 중독되지 않는다."

"뭐? 왜?"

"왜냐하면 마약은 독이니까."

마약에 중독되면 제대로 된 판단이 되지 않는다.

더군다나 자기가 마약을 파는 입장이니, 상품에 손대는 것이 통제가 되지 않아서 순식간에 몰락하기 때문이다.

"이런 조직들은 보스가 마약에 중독되면 아래에서 보스를 죽이고 권력을 차지하는 경우가 많아."

"그러면 평소에 마약을 하지 않았다는 거야?"

"개인적으로 범죄를 저지르는 것도 아니고, 집안 전체가 폭력단과 관련이 있다면 평소에 마약을 하고 있을 가능성은 낮지."

철저하게 교육시켜서 후계자로 양성시켰을 것이다.

"거기에다 중국 계열의 조직이라면 그런 면이 더 두드러지고."

장남이 조직을 물려받아야 한다는 점에서 중국계 조직은 다른 곳보다 장남에 대한 교육이 훨씬 중요하다.

아시아계의 조직들에서는 가문이라는 이름이 어마어마한 영향력을 가지기 때문이다.

"그런데 그거랑 허형욱이랑 무슨 관계라는 거야?"

"만일 허형욱이 그 펑쉬안의 연인이었다면?"

"응?"

"원래 조직은 펑쉬안이 물려받아야 하는 상황이었어. 그런데 펑쉬안은 죽고 펑위안이 물려받았지. 펑쉬안은 평소 하지 않던 마약을 과다하게 써서 약물중독으로 죽었고."

"경찰에서는 한 번도 해 본 적이 없는 약물을 처음 하다가 실수한 거라고 생각하더군요."

"하지만 채림이 너도 생각해 봐. 도리어 초보 운전이 사고는 덜 나. 조심하거든. 더군다나 아무리 하지 못하도록 교육받았다고 하지만 펑쉬안은 조직을 이끌어 가는 사람이야. 마약을 다루는 법을 모를까?"

그제야 손채림은 대충 상황이 그려지기 시작했다.

노형진의 예상대로라면 터무니없는 상황은 아니었던 것이다.

"그러니까 펑쉬안은 게이라는 사실이 알려져서 처분당한

이것이 법이다

거네?"

"그럴 가능성이 아주 높지."

게이 아들 때문에 조직에서 신망을 잃어버리느니 차라리 적당히 죽여 버리는 것이 조직과 가문에 좋다고 생각할 수도 있다.

아니, 갱단이라는 형태를 보면 그렇게 생각할 수밖에 없다.

"하지만 문제가 있지."

바로 연인이었던 허형욱.

멀쩡한 아들을 죽여야 하는 상황이 되었으니 그들이 허형 욱을 좋게 생각할 수는 없다.

더군다나 허형욱은 펑쉬안이 게이라는 사실을 알고 있다.

그렇다면 어떻게 해야 할까?

"그래서 죽인 거야?"

"명예를 위해서겠지."

자기들 생각으로는 아들을 게이의 길로 빠트린 것에 대한 복수와 가문의 영광을 위해 죽일 수밖에 없었을 것이다.

"그러면 허형욱이 스미스웨슨으로 죽은 것도 이해가 가."

이런 사건은 일반적으로 아래에 있는 조직원을 써서 죽이 면 그만이다.

총기 사고가 많은 중국이니 적당히 총기 강도 사건으로 위 장하거나 납치해 사막에 파묻어 버리면 흔적도 없이 사라질 일이다.

"하지만 그럴 수가 없었던 거지."

펑쉬안의 동생인 펑위안의 입장에서는 허형욱이 철천지원수나 마찬가지다.

그러니 어떻게 해서든 자신의 손으로 죽이려고 했을 것이다.

"그리고 자신이 평소 들고 다니던 스미스웨슨으로 쏜 거지."

"음."

"문제는, 시체를 완벽하게 처리하지 못했다는 거야."

만일 시체가 발견되면 탄도를 조사하고 총기를 추적할 것이다.

그러면 자연스럽게 메이웨이가 가진 총이라는 것이 알려져 의심이 자신에게까지 뻗치게 된다.

"하지만 메이웨이가 정당방위로 죽여 버리면 이야기는 달라지지."

더 이상 조사할 이유도 없고, 사건은 거기서 끝난다.

그리고 정당방위인 만큼 자신이 자랑하던 총도 다시 가지고 올 수 있고.

"더불어 직접 복수할 수도 있고 말이지."

"그래."

그 총은 그 복수를 한 총으로 기억된 채로 보관할 수 있을 것이다.

"와…… 이 무슨……. 미드야?"

"현실은 언제나 드라마를 뛰어넘잖아. 그건 미국도 마찬가지야."

미드, 그러니까 미국 드라마는 고증에 상당히 신경을 쓰는 편이다.

반대로 말하면 미드에 나오는 대부분의 이야기는 현실적으로도 충분히 가능하다는 뜻이다.

"이걸 가지고 변론할까요?"

"그걸 가지고는 충분하지는 않을 겁니다."

물론 합리적 의심을 불러일으킬 수 있는 문제이기는 하다.

그것만으로도 미국의 재판부에서는 상당한 힘을 발휘할 수 있다.

"이 사진을 같이 제출하세요. 제가 현상해 온 겁니다. 이 쪽에는 동영상이 들어 있고요."

노형진이 뭔가를 건네자 그걸 본 엠버는 고개를 갸웃했다.

"그때 경찰서에서 찍은 영상하고 사진이잖아요? 메이웨이는 딱히 자신에게 불리한 이야기를 한 적이 없으니 의미가 없지 않나요?"

"이야기는 불리하지 않지만 행동이 불리했지요."

"변호사의 눈치를 본 거요?"

노형진은 고개를 흔들었다.

고작 그런 거라면 이렇게 직접 따로 챙겨서 가지고 오지도 않았을 것이다.

거기에다 그러한 행동은 사진으로는 볼 수 없는 것이니까.

사진은 순간만을 보여 줄 뿐, 모든 장면을 다 보여 주지 못한다.

"그게 아니라 이게 더 중요합니다."

"이건 그 권총을 잡는 모습이잖아. 이게 왜 중요해?"

그 사진에 찍힌 메이웨이의 모습을 노형진이 가리키자 손채림은 어리둥절한 표정으로 물었다.

"총은 사격할 때의 파지법이 다르거든."

"응?"

"이 사진을 봐. 메이웨이는 총을 잡을 때 손잡이 부분, 그러니까 그립 말고도 검지를 세워서 총열을 옆으로 잡는 버릇이 있어."

"그러네."

"이건 자동 권총을 사용할 때 흔히 보이는 버릇이야."

총을 쏠 때 옆으로 총이 움직이는 것을 방지하기 위해 슬라이드 옆을 검지로 누르면서 중지로 격발 방아쇠를 당기는 사람들이 가끔 있다.

그리고 메이웨이는 그 자세로 권총을 잡고 있었다.

"이게 중요한 증거가 될 겁니다. 그러니 증인들 앞에서 이 사진을 공개하기 전에 메이웨이에게 장난감 총을 주고 다시 한 번 확인을 시켜 주세요."

"이게 중요하다고요? 왜요?"

미국 사람이지만 총을 쏴 본 적이 없는 엠버는 이해하지 못하고 고개를 갸웃했다.

"자동 권총과 리볼버는 작동 방식이 완전히 다르거든요."

자동 권총은 총을 쏘면 그 가스 압으로 슬라이드가 왕복하면서 자동으로 장전된다.

남은 가스 압은 탄피구를 통해 바깥으로 배출되고 말이다.

그러니 이렇게 잡는 게 아무런 문제가 없다.

하지만 리볼버는 아니다.

"리볼버는 안에 있는 탄환이 회전하면서 장전됩니다."

방아쇠를 당기면 탄환이 회전하면서 장전되는데, 그때 이렇게 옆으로 손가락이 올라가 있으면 손가락이 끼어서 제대로 탄환이 회전하지 못하게 된다.

"아하!"

"이 외에 다른 이유도 있지요."

"다른 이유?"

"네."

리볼버의 경우, 자동 권총과 다르게 가스 압이 다른 곳을 작동시키는 데 쓰이지 않는다. 그래서 그 가스 압이 바로 바깥으로 새어 나간다.

그리고 그 새어 나가는 곳이 바로 회전부와 총의 결합부, 그러니까 손가락이 올라간 위치다.

"만일 이런 식으로 쐈다면 총에서 나오는 반작용으로 손가락을 다쳤어야 합니다. 사실 스미스웨슨 500매그넘 정도의 가스 압이면 손가락이 날아갔어야 정상입니다. 실제로도 그런 일이 있었고요."

"하지만……."

"네, 메이웨이의 총을 잡는 버릇이 이렇다면 손가락이 멀쩡할 수가 없다는 거죠."

"아하!"

"사실 요즘 이런 것에 대해 모르는 사람들이 많지요."

누가 봐도 자동 권총이 장탄 수도 많고 사용도 편하다. 그러니 다들 자동 권총을 쓰지, 사용도 힘들고 장탄 수도 떨어지는 리볼버를 쓰는 사람은 드물다.

즉, 리볼버를 쓰는 사람들은 상당히 마니악한 사람이다.

"이런 것도 모르는 사람이 총을 쏴서 상대방을 제압한다는 건 말이 안 됩니다."

"오호, 그런 부분이 있군요."

"그리고 아마 경찰에서 화약 잔여물 검사도 했을 겁니다."

"그랬겠지요."

"그걸 가지고도 싸울 수 있습니다."

리볼버와 자동 권총은 방식이 다르다.

리볼버가 가스가 결합부를 통해 빠져나가는 반면, 자동 권총은 슬라이드 옆의 탄피 구멍으로 가스가 빠져나간다.

"그렇게 되면 아무래도 구멍이 있는 쪽으로 화약 잔여물이 남게 되어 있습니다."

이것이법이다

"그렇군요. 하지만 정면에서 터진 거라면 화약 잔여물이 고르게 남아 있어야 정상이겠군요."

"네."

이 정도만 해도 법원을 통해 합리적 의심을 불러올 수 있다.

"그러면 사건을 뒤집을 수도 있겠군요."

"합리적 의심이 있으면 판사들은 섣불리 판결하지 않습니다."

그러면 메이웨이는 실수를 할지도 모른다.

아니면 그 뒤에 있는 누군가가 실수를 할 수도 있다.

'운이 좋다면 메이웨이가 그걸 알아차리고 입을 나불거릴 수도 있지.'

그렇게 된다면 자신은 사건을 해결할 수 있을 것이다.

"일단은 메이웨이에게 사람을 붙이세요. 그건 어렵지 않겠지요?"

"그럼요."

그의 예상이 맞는다면 메이웨이는 현재 방치되고 있을 가능성이 높다.

그리고 조만간 집으로 돌아갈 것이다.

이미 범인이 사살된 이상 언제까지고 호텔에 있을 이유는 없으니까.

'생각해 보면 참 뻔한 일인데 말이지.'

노형진은 저도 모르게 콧잔등을 찡그렸다.

메이웨이는 이곳에 온 지 3년이 지난 유학생이다. 그런 사람이 집을 사서 정착했을 리 없다.

대부분 그런 사람들은 하숙하거나 자취하는 수준이지, 집을 사거나 통째로 빌리지 못한다.

'하지만 그 집이 메이웨이의 이름으로 되어 있단 말이지.'

그렇다면 누군가 그 집을 사 줬다는 뜻이다.

과연 그녀의 부모님이 사 준 것일까?

'그럴 리 없지.'

그렇게 능력이 있는 집안이라면 애초에 그녀가 펑위안의 여자가 될 리 없다.

지금처럼 방패로 내세우는 걸 보면 진짜로 집안에 들이려는 건 아닌 듯하니까.

게다가 그들의 입장에서도 나쁜 일은 아니다.

집이 비싸기는 하지만 규모 있는 갱단 입장에서는 아주 부담스러운 것은 아닐 테고, 일종의 아지트처럼 전혀 연관이 없는 누군가가 있다면 경찰은 그들을 추적하는 게 힘들어질 테니까.

"일단 합리적 의심을 불러일으킨 후에 경찰의 수사를 그쪽으로 돌리는 걸 우리 전략으로 하죠."

노형진의 말에 엠버는 고개를 끄덕거렸다.

⚖

재판 당일, 노형진은 변호사가 아닌 방청객으로 현장을 찾았다.

그는 미국 변호사 자격이 없다. 그러니 미국 재판에 참여할 수는 없다.

'확실히…….'

몇 가지 이상한 사실을 주장하면서 엠버가 몰아붙이자 메이웨이의 얼굴은 당황한 표정으로 가득해졌다.

그리고 분위기를 보니 배심원들도 상당히 의심스러워하는 표정이었다.

그럴 수밖에 없다.

현장에서 발견된 흔적들은 일반적으로 피해자의 패턴이 아니었기 때문이다.

"그곳에 남은 흔적들은 당신이 방어를 포기한 채로 전화를 하는 것으로 보였습니다만?"

"그건 전화선의 길이가 짧아서…….'

"제가 직접 보니 그렇지 않은 것 같던데요? 그리고 총기 구입 내역을 보면 그 총을 2년 전에 구입했는데, 그간 사용한 흔적이 전혀 없더군요."

"말 그대로 비상시에 대비한 물건이라…….'

"비상시에 사용하기에는, 해당 총기 모델은 여성에게는 너무 부담되는 모델 아닌가요? 일반적으로 훈련받지 않은 여성은 1회 사격 후 그대로 손이 뒤로 튕겨 나가던데요. 더군다나 무게가 있어서 그 명중률도 형편없고요. 차라리 샷건이 더 사용하기 편했을 텐데요."

"그건 개인 취향입니다."

수많은 정황증거들이 속속 모습을 드러내고, 배심원단은 점점 메이웨이에게 의심의 씨앗을 품어 가고 있었다.

불쌍하기는 하지만 미국에서는 정당방위를 이용해 상대방을 살해하는 사건이 상당히 흔하게 벌어지고 있었기 때문이다.

"그러면 한 가지만 확인하겠습니다."

엠버는 노형진이 말한 대로 미리 준비한 장난감을 꺼냈다.

"이걸 파지해 보세요."

"네? 하지만 그건⋯⋯?"

"장난감입니다. 그러니 걱정 말고 이걸 잡고 쏜다고 생각하세요."

그녀는 두 번째로 요구받는 그 행동에 의심하지 못하고 총을 잡았다. 그리고 엠버는 증거로 남기기 위해 그걸 다시 사진과 동영상으로 찍었다.

"재판장님, 여기 저희가 지난번에 증인을 만났을 때 찍은 영상과 사진이 있습니다. 그리고 현재 증인이 파지할 때의 버릇도 그때와 동일합니다."

그녀는 지난번에 촬영한 내역을 보여 주면서 말했다.

"재판장님, 이러한 파지법으로 리볼버를 잡으면 그 가스압으로 인해 손가락이 날아갑니다."

검지로 총의 몸체를 잡는 자세를 사람들에게 보여 주자 다들 어이가 없어 하는 표정이 되었다.

심지어 판사조차도 그걸 보고 기가 차서 말을 꺼냈다.

"도대체 누가 리볼버를 이딴 식으로 잡습니까?"

"그렇지요? 그런데 그녀는 손가락이 멀쩡하네요. 한 번이라도 연습을 해 봤다면 이렇게 잡는 게 아니라고 누군가 알려 줬을 텐데요. 아니 그 전에, 그때 쐈던 게 정말 그녀라면 손가락이 저렇게 멀쩡할 수 있을 리 없을 텐데요."

메이웨이의 얼굴이 딱딱하게 굳었다.

그리고 그 순간 노형진은 방청객을 스윽 살피고 있었다.

아나나 다를까, 맨 뒤에 있던 남자 두 명이 스윽 일어나서는 바깥으로 향했다.

'역시나.'

이 사건을 재판하는데 누군가 감시자를 보내지 않았을 리 없다. 그리고 조용히 나가는 두 남자는 아무리 봐도 아시아인이었다.

노형진은 그들을 따라 조용히 재판정 바깥으로 나갔다. 그리고 어디론가 전화했다.

"지금 남자 두 명이 나갈 겁니다. 아시아계, 아무래도 중국인 같은데 그들을 따라가세요."

그들은 사건이 틀어지고 있다는 것을 보고하러 갈 것이다.

당연히 그들이 향하는 곳은 진범이 있는 곳이었다.

"언제까지 숨을 수 있는지 두고 보자고, 후후후."

함정에 함정을 더하다

쾅!

펑위안은 탁자를 후려쳤다. 그리고 분노로 부들부들 떨었다.

"경찰이 의심을 한다고?"

"그렇습니다. 메이웨이가 제대로 일을 처리하지 못했습니다."

"이런 미친년!"

다른 건 어떻게든 무마할 수가 있다. 하지만 파지법 같은 경우는 일종의 버릇이라 무마할 수가 없다.

버릇이라는 게 어느 날 갑자기 고쳐질 리 없지 않은가?

더구나 당황하거나 흥분하면 버릇대로 하는 것이 바로 인간이다.

그러니 그 파지법대로 쐈어야 정상이고, 손가락이 날아갔어야 정상이다.

"손가락을 날려 버릴 수도 없고."

이제 와서 손가락을 날려 봐야 무슨 의미가 있겠는가?

할 수 있는 게 없는데.

"빌어먹을."

펑위안은 치솟는 분노를 어쩌지 못하고 방 안을 서성거렸다.

"망할 게이 녀석이 우리 집안을 망치고 있어."

자신의 형을 더러운 길로 끌어들였을 뿐만 아니라 이제는
자신들까지 위험하게 만들고 있다.

물론 자신이 잡혀간다고 해 조직이 무너지지는 않을 것이다.

하지만 그게 자신이 안전하다는 의미는 아니다.

당장 아버지만 해도, 명예를 더럽혔다는 이유로 형의 처단
을 명령한 사람이다.

당연히, 자신이 감옥에 간다고 하면 다른 누군가에게 조직
을 넘길 것이다.

'그렇게 되면…….'

누가 될지 모르지만 자신이 감옥에서 나오는 순간 위협이
되리라는 것을 알 것이다.

정통성은 펑위안 자신에게 있으니까.

그러면 그는 기를 쓰고 자신을 죽이려고 들 게 뻔하다.

"큭."

보통 이런 함정을 파도 대부분 어렵지 않게 넘어갔다.

그런데 전혀 엉뚱한 곳에서 꼬리가 잡혀 버렸다.

"어떻게 할까요? 당장이라도 그년을 처리하라고 할까요?"

"그 수밖에 없는 건가."

그거 말고는 도무지 방법이 보이지 않았다.

지금이야 자신이 무서워서 입을 다물고 있지만 이대로 가면 사건이 뒤집어진다.

'그러면 사법 거래를 할지도 모르지.'

사법 거래란 형량을 줄여 주는 조건으로 뭔가를 제공하는 것을 정부에서 받아들이는 걸 말한다.

그리고 이 경우는 당연히 자신과 조직이 될 것이다.

'아니야. 이건 증인 보호 프로그램에 들어갈지도 몰라.'

어찌 되었건 보스인 자신과 조직을 일망타진할 수 있을 기회다.

그러니 증인 보호 프로그램을 가동할 수 있을지도 모른다.

"하지만……."

사랑? 그딴 건 생각한 적도 없다.

메이웨이를 만난 건 몸뚱이가 자신을 만족시킬 수 있기 때문이지 사랑해서가 아니다.

그러니 메이웨이 때문에 주저하는 것은 아니다.

"그 녀석이 내 내연녀라는 소문이 퍼졌다지?"

"네."

"큭."

이게 문제다.

입이 싼 년이었다. 그래서 그런 소문이 났다.

"지금 죽으면 경찰이 꼬리를 물지도 몰라. 당분간은 놔둬."

"그렇다면 차라리 떠나게 하죠."

"떠나?"

"네. 그년이 도망가면 경찰은 그년을 추적할 겁니다."

"호오, 그래서?"

"이곳이 아닌 다른 곳에서 사라진다면 경찰은 영원히 그년을 추적하겠지요."

부하의 말에 펑위안의 얼굴에 미소가 떠올랐다.

"그러니까 그년이 뒤집어쓰게 만들자 이거군."

"그렇습니다."

이곳을 강제로 떠나게 하는 것은 쉽다.

그리고 그 과정에서 그녀가 도망갔다는 흔적 몇 개만 남기면, 경찰은 그녀가 범인이라고 생각해 출국 금지를 걸고 추적할 것이다.

그 이후 자신들은 그녀를 적당히 처리해 추적이 자신들에게까지 이어지지 않게 하면 되는 것이다.

"역시 넌 내 지혜주머니야."

"별말씀을."

형을 더럽힌 원수를 죽였을 때 해결책을 제시한 것도 그였다.

그런데 엉겨 붙는 년을 처리하는 데에도 도움을 주다니.

"당장 이곳을 떠나라고 말을 해, 돈은 두둑하게 주고. 아주 먼 길을 떠나야 할 테니."

"알겠습니다."

무슨 뜻인지 알아차린 부하는 미소를 지었다.

"메이웨이가 호텔을 나갔습니다. 아무래도 멀리 갈 듯하네요."

엠버는 다급하게 이야기를 꺼냈다.

방금 전 메이웨이가 호텔에서 체크아웃을 하고 나갔다는 것을 전해 들었기 때문이다.

"당장이라도 신고해야 하지 않을까요?"

"신고요? 무슨 죄목으로요?"

"그건……."

"메이웨이는 아직 정확한 죄목이 없습니다. 고발될 만한 것도 없고요."

그녀가 살인한 것도 아니고, 그렇다고 함정을 직접 판 거라는 증거도 없다. 그녀는 그저 위증을 한 것뿐이다.

"그나마도 경찰에서 조사 중인 사항이지요."

재판에서 이상한 부분을 지적하자 경찰은 다급하게 수사를 재개했다.

그날 증언하러 왔던 경찰들도 아차 싶었던 것이다.

"그러니 그녀를 고발한다고 해도 엄밀하게 말해 추적할 이유는 없지요."

"으음, 하지만……."

"압니다. 경찰이 떠나지 말라고 했겠지요. 하지만 그건 경고일 뿐이지 강제력이 있는 건 아닙니다."

미드에서 보면 용의자에게 도시를 떠나지 말라고 한다.

하지만 그게 강제력이 있는 것은 아니다.

그건 일종의 위협이다, 우리가 널 지켜보고 있다는.

'하지면 현실적으로 그건 불가능하지.'

인원이 부족한 것은 한국이나 미국이나 마찬가지.

거기에다가 혐의도 없는 사람에게 추적을 붙일 수는 없는 노릇이다.

"차라리 잘된 겁니다."

"네? 잘된 거라니요?"

"일단 메이웨이가 떠났다는 점에서 그녀가 범죄를 저질렀을 가능성이 높아지지 않았습니까?"

"그건 그런데……."

"하지만 그걸 가지고 추적은 못 하잖아요? 영장을 받을 수 있는 것도 아니고."

"영장을 받을 필요도 없지요. 우리가 영장이 필요하던가요?"

"하긴, 그러네요. 이미 사람을 붙였으니까."

메이웨이를 따라가기 위한 사람은 이미 붙어 있다.

그러니 그녀가 어디로 도망가든 잡는 것은 어려운 일이 아니다.

따라서 그녀의 행동은 의심을 확신으로 만든 것뿐이었다.

"하지만 그러다 어디론가 사라지면?"

"그게 목적이겠지."

"응?"

"전화해서 잘 살펴보라고 하세요, 과연 메이웨이가 티켓을 사는지."

"네?"

"만일 다른 사람이 보내는 거라면 직접 사지는 않을 겁니다."

"설마 WCC에서 보낸 거라 생각하는 건가요?"

"네."

노형진은 고개를 끄덕거렸다.

"어째서요?"

"너무 갑작스럽거든요."

자신들이 공격한 것이 불안해서라면 이미 떠났어야 한다.

거기에다 아예 잠적할 생각이었다면 호텔에서 나와서 집으로 가야 한다.

하지만 그녀는 짐을 들고 그대로 나가서, 집에 들르지도 않았다.

"아."

그런 생각을 전혀 하지 못했던 엠버는 탄성을 질렀다.

그저 도망간다고 생각했을 뿐, 그 행동이 무슨 의미인지는 생각하지 않았던 것이다.

"만일 스스로 숨으려 하는 거라면 집으로 가야지요. 하지만 그녀는 집으로 가지 않고 버스 터미널로 갔습니다. 물론 카드가 있지만 장기간 떠나 있기엔, 지금 가진 물건으로는 부족하죠."

"음."

"그리고 그녀는 중국인입니다. 만일 범죄에 연루되어 빨리 숨어야 한다면 궁극적으로는 어디로 가려고 할까요?"

"중국이네요."

중국에 가 버리면 미국에서는 손쓰지 못한다.

그리고 중국에는 메이웨이의 가족이 있다.

범죄인인도 요청을 한다고 해도 중국 정부가 미국 정부에 자국민을 내줄 가능성은 거의 제로에 가깝다.

"그런데 그녀는 중국으로 가지 않았습니다. 아직 출국 금지가 떨어지지도 않았는데요. 그러면 뭐겠습니까?"

"어딘가에 잠깐 숨어 있어야 하는 상황이라는 거네요."

"네. 하지만 지금 상황이 그녀가 생각하기에 숨을 상황일까요?"

엠버는 고개를 끄덕거렸다.

노형진의 예상이 맞기 때문이다.

지금 잠깐 숨어 있는다고 해 봐야 바뀌는 것은 없다.

"누군가 숨으라고 시킨 거군요."

"네."

그리고 그 누군가는 뻔하다.

다름 아닌 WCC, 아니 펑위안일 것이다.

"아니, 왜? 네가 말한 대로 잠깐 도망간다고 해서 해결될 사안이 아니잖아? 제대로 수사한다면 이게 함정을 판 거라는 걸 알 거라며?"

"그렇지."

노형진은 고개를 끄덕거렸다.

"그러니 도망치라고 한 거야."

"다시는 돌아오지 않을 거면 중국으로 가야지."

"본인이 그렇게 생각했다면 그러겠지."

"응? 본인이 그렇게 생각한 거라면?"

손채림은 고개를 갸웃했다.

하지만 노형진은 펑위안의 생각을 알 것 같았다, 그가 직접 생각해 낸 건지는 모르겠지만.

"하지만 돌아오지 않는다면, 아니 돌아올 수 없게 된다면? 경찰은 뭐라고 할까?"

"뭐?"

"주요 용의자가 도망갔어. 그리고 다시 돌아오지 않아. 그러면 사건을 어떻게 처리할까?"

"그건……."

"콜드 케이스."

손채림이 뭐라고 대답하지 못하자 엠버가 대신 대답했다.

"한국 용어로는 미결 사건이라고 한다지요?"

"네."

주요 용의자는 사라졌고 증거는 없다. 그러면 사건은 그냥 미결 사건이 된다.

먼 훗날 그녀가 어찌어찌 발견된다면 또 모르겠지만.

"원래 죽은 자는 말이 없는 법이지."

"허?"

"지금 저들은 메이웨이를 대피시키는 게 아니야. 경찰의 시선 밖으로 빼내는 거지."

그렇게 되면 어디선가 조용히 죽는다고 해도 누구도 알지 못하고, 안다고 해도 사건은 그대로 얼어붙어 버린다.

"WCC와 거리를 두는 가장 확실한 방법이군요."

"그렇지요."

노형진은 고개를 끄덕거렸다.

"그러면 어떻게 해? 당장이라도 그 여자를 잡아야 하는 거 아냐?"

자신들이 받은 의뢰는 죽은 형의 누명을 벗기는 것이다.

하지만 메이웨이가 없으면 그 누명을 벗기는 것은 불가능 하다.

"아니, 우리는 안 잡아."

"응?"

"우리가 찾아가서 설명한다고 한들 그가 사실을 말하겠어?"

"설득하면 되잖아."

"수년간 평위안의 연인으로 살았던 사람이야. 그런데 우리를 믿겠어, 아니면 평위안을 믿겠어?"

"우우······."

이미 그녀가 누구를 믿을지는 결정되어 있다.

아무리 설득한다고 한들 그녀는 자신들에게 사실을 말하지 않을 것이다.

"그러면 어떻게 해? 놔둬?"

"그건 아니고, 그녀를 보호하긴 해야겠지."

"보호?"

"그래."

"어떻게?"

노형진은 씩 웃으면서 서랍을 열었다. 그리고 거기서 커다란 열쇠 꾸러미를 꺼냈다.

"그게 뭔데?"

"이거? 자동차 키."

"자동차 키?"

"자동차 키요? 하지만 우리는 차가 있는데요?"

엠버도 이해하지 못한다는 표정이었다.

자신들은 이미 차가 있다. 그런데 자동차 키를 꺼내다니?

더군다나 노형진이 꺼낸 차량의 키는 딱 봐도 고급스러운 브랜드가 아니다.

"이건 그냥 키가 아닙니다."

"그럼요?"

"시커먼 색의 선팅이 잘된 대형 SUV의 키죠."

"네?"

노형진의 말에 두 사람은 여전히 이해하지 못하고 고개만 갸웃할 수밖에 없었다.

⚖

"여기서 어디로 가지?"

메이웨이는 버스에서 내려서 눈을 찌푸렸다.

일단 경찰이 냄새를 맡았으니 자리를 피하라고 해서 버스를 탔다. 그리고 전혀 다른 주의 황량한 도시에 내렸다.

그런데 어디로 가야 할지 답이 없다.

"이쯤에서 나와야 하는데."

그녀가 주변을 두리번거릴 때였다.

갑자기 저 멀리에서 이 지역과는 어울리지 않는 시커먼 차량이 다가왔다.

"메이웨이 씨?"

"네?"

"펑위안 님이 보내셨습니다. 타시죠. 숙소를 잡아 뒀습니다."

"아, 그래요?"

메이웨이는 반색하면서 차로 다가갔다.

잠시 후 차량에서 내린 한 사람이 그녀의 짐을 트렁크에 실었다.

"좀 멀리 가야 합니다."

"그래요?"

"아무래도 당분간은 숨어 계셔야 할 테니까요."

"알았어요. 그런데 무슨 차가 세 대씩이나 와요?"

선두에 한 대, 그리고 자신이 탄 차량 한 대, 거기에다가 그 뒤에 한 대.

무려 세 대나 자신을 데리러 왔다는 사실에 메이웨이는 약간 이상하다고 느꼈다.

"안전을 위해서지요. 메이웨이 씨의 안전이 최우선 아닙니까?"

"그렇다면 타도록 하지요."

그녀는 흡족한 표정이 되어서 차량에 올라탔다.

"그럼 출발하지요."

메이웨이가 올라타자 바로 출발하는 차량.

그리고 그 차량을 좀 멀리서 바라보는 사람들이 있었다.

"빙고."

"헐, 어떻게 안 거야?"

메이웨이가 자신들이 보낸 차에 올라타는 걸 본 손채림은 깜짝 놀랐다.

"간단해. 그들은 메이웨이에게 감시자를 붙이지 않았거든."

"응?"

"WCC는 메이웨이가 다시는 발견되지 않기를 바라. 하지만 자신들이 연관되는 것도 부담스럽지. 만일 메이웨이가 실종된 다면, 일단 경찰은 터미널에 있는 CCTV를 뒤질 테니까."

"아하!"

만일 그 뒤에 누군가를 붙인다면 분명히 메이웨이를 따라 다니는 정체 모를 남자에 대해 알게 될 것이다.

"그러니 섣불리 메이웨이에게 사람을 붙일 수는 없어. 일 단 자신들을 감춰야 하니까."

"아하, 그래서 메이웨이가 어디로 가는지 확인하라고 한 거구나."

"그래."

분명히 어디선가 만나기로 이야기했을 것이다.

그래야 안전하게 자신들과 관련 없이 메이웨이를 빼낼 수 있을 테니까.

"버스는 정해진 곳에서만 서지."

정해진 곳에서 서는 버스를 자가용으로 따라잡는 것은 어려운 일이 아니다. 먼저 자리 잡고 있다가 메이웨이가 다가 오면 접근하면 되는 것이다.

그러면 메이웨이는 자신들이 평위안이 보낸 사람이라고 생각하고 차에 탈 것이다.

"하지만 어떻게 동양인을 찾은 거죠?"

"전에 모종의 사건으로 한국인 갱단과 연관되어 있거든요."

노형진은 씩 웃으며 말했다.

한국인 갱단과 연관되어서 그들을 불러들이는 것은 어려운 일이 아니었다.

그들은 노형진의 부탁을 받고 차량에 타서 WCC 흉내를 냈다.

그리고 대화하는 것은 그가 타는 차량에 한정되니까, 그 차에 중국어를 할 줄 아는 멤버를 한 명만 태우면 된다.

중국 기반 갱단이라고 해도 미국에서 나고 자라서 중국어를 못하는 사람도 없는 건 아니니까.

"기가 막히군요."

저들이 무슨 생각을 하는지 뻔하게 알고 있는 노형진의 계획에 순식간에 메이웨이는 자신들의 손아귀로 떨어진 것이다.

"하지만 이런다고 해서 그녀가 우리한테 말을 해 줄 리 없잖아. 그건 너도 말한 거고."

"그렇지."

"그러면 어떻게 해? 가서 고문이라도 하려는 거야?"

그런다고 해도 그게 인정될 리 없다.

증언이라는 것은 결국 자신이 원해서 해야 하는 것이니까.

"그건 제가 알 것 같네요."

엠버는 미소를 지으며 말했다.

"검은색의 특정 브랜드 SUV 세 대, 거기에 타고 있는 사람들, 앞과 뒤에 네 명, 가운데에는 세 명. 맞지요?"

"딩동댕. 정답입니다."

엠버의 말에 노형진은 싱글싱글 웃으면 정답을 외쳤다.

"그게 뭔데요?"

이해하지 못한 손채림은 엠버를 바라보았다.

엠버 역시 생각지 못한 작전이었기 때문에 미소를 지었다.

"저 형태는 FBI가 증인을 보호할 때 취하는 표준 규정입니다."

"네? 증인 보호요?"

"네, 그것도 증인 보호 프로그램에 들어가는 사람들을 호송할 때 저렇게 하지요."

"그러면…… 아하!"

"나중에 이 사실을 알면 펑위안은 눈이 돌아가겠지."

버스가 황량한 벌판에 서지는 않는다. 즉, 사람이 있는 마을에 선다는 뜻이다.

그리고 그 말은 증인이 있을 수밖에 없다는 뜻이기도 하다.

"그리고 과연 어떤 생각을 할까?"

"메이웨이가 증인 보호 프로그램에 들어간다고 생각하겠구나."

"그렇지."

메이웨이가 사실을 말하면 펑위안이 잡혀 들어가고, 펑위안이 사실을 말하면 WCC는 와해된다.

WCC는 그저 그런 갱단이 아니다. 상당한 역사를 가진 한 지역을 지배하는 갱단이다.

당연히 그는 증인 보호 프로그램에 들어갈 만한 가치를 가지고 있다.

"아마 조만간 저들은 메이웨이가 사라진 걸 알겠지."

해당 지역에서 오는 차들 중 이 지역으로 오는 차들을 골라내는 것은 어려운 일이 아니다.

더군다나 이런 외곽 지역에는 아직 아시아인이 많지 않다.

"그래서 휴게소의 아시아인 차량에 테러를 하라고 한 거구나."

"테러라니. 타이어에 펑크를 내라고 했을 뿐이라고."

타이어 펑크가 나는 바람에 그들이 뒤처진 사이, 메이웨이를 슬쩍 빼낸 것이다.

"아마 증언을 듣고 나면 메이웨이가 배신했다고 생각하겠지."

"그러면 이제 어쩔 거야?"

"일단 안전 가옥으로 가야지."

"안전 가옥?"

"그래. 사람도 없고, 주변에 위험 요소도 없고, 보호받을 수 있는 곳."

"아니, 거기에는 왜?"

"WCC와 펑위안이 안전 가옥의 위치를 알게 되면 어떻게 할까?"

노형진은 손가락에 걸린 키를 살살 돌리며 말했다.

"이참에 미국 스와트 팀 실력 구경이나 할까?"

"이런 개 같은 년!"

펑위안은 분노로 부들부들 떨었다.

자신이 함정을 파서 죽여 버리려고 했는데 이 개 같은 년이 먼저 선수를 친 것이다.

"확실한 거야?"

"네, 확실합니다. 그런 지역에 그런 차량이 들어갈 이유가 없지 않습니까?"

"크윽, 씨발."

만일 자신들의 영역 내였다면 그들과 접촉하는 순간 쏴 버렸을 것이다.

하지만 자신들이 그녀를 빼돌리기 위해 바깥으로 내보내는 순간 자신들 영역 밖으로 나가는 바람에 놓쳐 버린 것이다.

그리고 메이웨이는 그 틈을 이용해 도망갔고 말이다.

"이런 빌어먹을."

자신을 속였다는 사실에 펑위안은 분노로 몸을 가눌 수가 없었다.

하지만 그렇다고 해서 이미 놓친 물고기가 다시 돌아올 리 없다.

"이년이 얼마나 알지?"

"아무래도……."

그년은 펑위안에 대해 아주 잘 안다.

그리고 펑위안은 조직에 대해 아주 잘 알고.

"조심하셔야 합니다."

"알아, 씨발."

조직을 물려주고 뒤로 물러났다고 하지만 아버지가 자신을 위해 조직을 포기할 리 없다.

만일 자신이 잡혀가서 조직에 누가 될 것 같다면 가장 먼저 펑위안을 죽이려고 덤빌 것은 다름 아닌 아버지다.

'내가 입을 다문다고 해도 문제야.'

아무리 자신이 입을 다물어도 자신과 관련된 주변을 털기 시작하면 뭐든 나올 수밖에 없다.

그리고 그중 누가 배신할지 모르고.

"염병할."

펑위안은 머릿속을 계속 더듬었다.

하지만 도무지 방법이 없었다.

상황을 보아하니 이미 증인 보호 프로그램이 가동된 듯한데, 그렇다면 자신들이 추적할 방법은 없다.

증인 보호 프로그램이 가동되면 대상은 이름, 주소, 나이 등 모든 것이 바뀐 새로운 사람이 된다.

"싯팔."

평위안은 주먹을 꽉 쥐고 부들부들 떠는 것 말고는 할 수 있는 게 없었다.

하지만 하늘이 무너져도 솟아날 구멍이 있다고 하던가?

"따꺼! 새로운 정보입니다."

"새로운 정보?"

"메이웨이 이년이 부모한테 전화를 했답니다!"

"뭐?"

"자기는 잘 있으니 걱정하지 말라고 했답니다."

"큭큭큭."

순간 평위안은 웃음이 나왔다.

이 멍청한 년이 결국 실수를 한 것이다.

"부모한테 전화를 할 줄이야. 생각보다 멍청하군요."

"그렇지, 후후후."

증인 보호 프로그램을 가동하면 가장 힘든 것 중 하나가 바로 과거의 인연을 끊어 내는 것이다.

특히 부모의 경우는 더 힘들다.

자녀의 경우에는 같이 갈 수 있지만, 부모는 그러지 못하기 때문이다.

"멍청한 년."

그년이 멍청하게 전화를 걸어서 부모에게 자신의 안부를 전한 것이다.

"하지만 다른 전화번호로 했다는데요?"

"그 멍청한 년이 다른 번호라면 안전할 거라고 생각한 거겠지. 그 번호는 알아 왔어?"

"네, 알아 왔습니다."

"바로 알아봐."

"네!"

부하가 나간 후 그의 입가에는 잔인한 미소가 떠올랐다.

그리고 서랍에서 커다란 총을 꺼내 들었다.

"오냐. 네년, 그 잘난 대가리에 총알을 박아 주마."

그는 커다란 자신의 총을 보고 바짝 얼어붙을 메이웨이의 얼굴을 상상하면서 왠지 모를 비웃음을 날렸다.

⚖️

"여기입니다."

부하가 추적한 곳은 사람들이 거의 없는 산속이었다.

형태로 봐서는 누군가의 별장이나 있을 만한 곳.

"안전 가옥으로는 적당하군."

펑위안은 주변을 보며 말했다.

도시에서 상당히 떨어져 있고, 주변에 다른 민가도 없다.

더군다나 들어오는 도로는 하나뿐이다.

그러니 누가 오든 그 길로 올 수밖에 없다.

"하지만 숲을 통과해서 올 줄은 몰랐겠지, 흐흐흐."

사실 아무리 펑위안과 그 조직이라고 할지라도 증인 보호 프로그램으로 보호받고 있는 사람을 죽이는 것은 위험부담이 크다.

그러나 죽이지 않으면 자신들이 당할 상황이다.

'더군다나……'

메이웨이가 자신과 만나긴 했지만 조직원은 아니기에 조직의 핵심 정보는 모른다.

하지만 조직원의 얼굴을 알고, 그들이 누군지, 그들이 어떤 일을 하는지, 주변에서 주워들은 것은 있다.

'입을 나불거리면 곤란해.'

펑위안은 총을 한번 확인하며 미소를 지었다.

그리고 그 미소를 본 부하도 총을 보면서 같이 웃었다.

"데저트 이글이군요. 손맛이 끝내주지요."

"아주 끝내주지. 이걸 내 여자 대갈빡에 쏘게 될 줄은 몰랐지만 말이야."

그는 큰 총에 대한 로망이 있었다.

그래서 큰 총을 모으는 게 취미였는데, 그가 아끼는 총 중의 하나가 바로 데저트 이글이었다.

"참 가슴 아픈 일이야."

"그년은 대가리가 아플 거예요."

"그렇겠지, 후후후. 움직이자."

일반적으로 경호 대상 주변에는 그를 경호하는 다른 팀원들이 있을 수밖에 없다.

당연히 펑위안도 혼자서, 또는 부하와 달랑 둘이서 움직일 생각은 전혀 없었다.

"모두 도착했나?"

"네, 보스."

그의 뒤에서 모습을 드러내는 사람들.

족히 서른 명은 되어 보이는 조직원들이었다.

그들은 하나같이 권총부터 소총까지 다양한 무기로 무장하고 있었다.

"너희도 알겠지만, 절대로 한 놈도 놓치는 일이 있어서는 안 된다."

"압니다, 형님."

"우리가 이런 일 어디 한두 번 하나요?"

"콥스 새끼들하고 똑같은 게 아니야. 어찌 되었건 FBI 요원이야. 만만하게 보면 안 돼. 한 새끼라도 살아 나가면 무슨 일이 벌어질지 알지?"

"알지요."

어느 나라나 마찬가지이지만 국가에 대항하는 조직. 그것도 범죄 조직을 놔두는 나라는 없다.

거기에다 그냥 경찰도 아니고 미국의 중심 조직 중 하나인 FBI를 건드렸다는 사실이 알려지면 아마 미 정부에서는 자신들을 죽이려고 달려들 것이다.

"다이너마이트는 준비했어?"

"그럼요, 형님."

"제대로 날려야 한다."

안전 가옥이라고 하면 일반적으로 사람들이 모르는 곳이라고 생각하기 쉽다.

하지만 그런 건 안전 가옥이 아니다, '비밀 가옥'일 뿐이지.

안전 가옥은 외부에 드러날 경우를 대비해 안쪽에 세이프룸, 그러니까 완전히 벙커화된 방이 한 개씩 있다.

만일 총격전이 벌어진다면 메이웨이는 그곳으로 이동할 것이다.

당연히 총으로 뚫을 수는 없으니, 아예 확실히 없애기 위해서는 다량의 폭탄으로 날려 버리는 수밖에 없다.

"주변에 다른 사람들은?"

"없습니다."

"가자."

평위안은 데저트 이글을 꽉 잡고 조용히 집으로 향했다.

얼마쯤 이동했을까. 저 멀리 한 채의 별장이 덩그러니 있는 게 보였다.

"쉿!"

입구에는 커다란 덩치의 흑인 요원이 꼼짝도 하지 않고 서있었고, 불이 켜진 너머에서는 사람으로 보이는 그림자가 움직이고 있었다.

커튼으로 주변을 가려 놓기는 했지만 그 너머에서 사람이 움직이는 걸 알아보지 못할 정도는 아니었다.

"몇 명이지?"

"다섯 명입니다. 입구에 한 명, 위층에 두 명, 아래층에 두 명입니다."

"그년은?"

"안 보입니다. 실루엣을 봐서는 아무래도 다 남자 같습니다."

"음."

즉, 다섯 명의 요원이 그를 보호하고 있다는 뜻이다.

'개년 같으니라고.'

그걸 보고 펑위안은 메이웨이가 배신했다고 확신했다.

그게 아니라면 이렇게 다수의 요원을 붙여서 보호할 리 없다.

"어떻게 할까요?"

"일단 선두에 있는 놈은 제압하고 들어간다."

"실내에는요?"

"다이너마이트 충분히 있지?"

"네."

"힘 좋은 놈 시켜서 위층이랑 아래층에 하나씩 던져 넣어."

수류탄만큼은 아니지만 지근거리에서 다이너마이트가 터

지면 아무리 훈련을 받은 정부 요원이라고 할지라도 정신을 차리지 못할 것이다.

운이 좋다면 그 한 방에 죽어 버릴지도 모르고.

어차피 메이웨이는 살려 둘 생각이 없다.

다이너마이트에 죽어 버리면 손맛이 아쉽기는 하겠지만, 그때는 시체에 총알을 박아 넣는 것으로 마음을 달래면 된다.

"다이너마이트를 던지는 순간 사격으로 입구에 있는 덩치를 제압한다."

"네, 형님."

작전이 마음에 들었는지 그들은 고개를 끄덕거리면서 각자 위치로 갔고, 5분도 지나지 않아서 양쪽에서 두 개씩 네개의 다이너마이트가 허공을 날았다.

"지금이야!"

펑위안은 총을 쏘면서 뛰쳐나갔다.

입구에 서 있던 흑인 요원은 제대로 저항도 해 보지 못하고 총에 난자당해 바닥에 쓰러졌다.

콰앙!

그와 동시에 창문을 깨고 들어간 다이너마이트가 터져 나가면서 실내를 그대로 개판으로 만들어 버렸다.

"지금이다! 모조리 죽여 버려! 한 놈도 살려 보내지 마라!"

작전이 성공했다는 생각에 그들은 신나게 문과 창문을 통해 들어가면서 안쪽으로 총을 갈겼다.

혹시나 살아 있는 요원이 저항할까 봐서였다.

그러나 그들이 안에 들어갔을 때 본 광경은, 그들의 예상과는 전혀 달랐다.

"어?"

그들이 예상한 광경은 다이너마이트에 날아간 인간의 육편과 피투성이가 된 실내였다.

하지만 그들의 눈에 보인 것은 패널로 이루어진 사람의 모습이었다.

물론 조각조각 박살이 나 있긴 했지만, 그들이 원하는 조각난 육편은 결코 아니었다.

"이게 무슨……."

그들은 당황하여 주변을 둘러봤다.

뒤늦게 들어온 펑위안도 당혹감을 감추지 못했다.

"뭐야? 어떻게 된 거야? 시체는? 시체는 어디로 간 거야?"

"그게, 저도 잘 모르겠습니다."

잘 모른다고 대답하기는 했지만 대부분의 부하들은 아차 싶었다.

누가 봐도 함정에 빠진 듯한 상황이었기 때문이다.

"메이웨이는! 다른 놈들은!"

"그게……."

"당장 찾아봐! 지하든 뭐든! 어딘가에 세이프 룸이 있을 거야!"

평위안은 자신이 함정에 빠졌다는 사실을 믿을 수 없어서 부하들을 다그쳤다.

혹시나 하는 마음에 집 안을 이리저리 뒤지는 부하들.

하지만 그런 그들에게 들려온 소리는 비극적인 보고였다.

"보스! 당했습니다!"

"당해?"

"입구를 지키고 있던 흑인 요원!"

"그놈이 뭐?"

"마네킹입니다!"

"뭐?"

"마네킹에 가면을 씌워 둔 겁니다!"

"미친!"

부하가 들고 온 것은 쓰러진 요원의 얼굴이었다.

하지만 얼굴이라고 할 수는 없었다. 누가 봐도 그냥 가면이었으니까.

어둠 속에서는 흑인처럼 보였지만 불빛 아래에서 보니 어떻게 봐도 평범한 가면이었다.

"보스! 세이프 룸은 없습니다."

"그럴 리가!"

"없습니다. 있을 수 있는 구조가 아니에요! 지하까지 모조리 뒤진 겁니다."

세이프 룸이 존재하기 위해서는 집에 그만큼의 비는 공간이 있어야 한다.

하지만 이 산속의 별장에는 그런 공간이 보이지 않았다.

"큭."

결국 펑위안은 자신이 속았다는 사실을 인정해야 했다.

그리고 함정을 자기들에게 엿 먹이려고 파지는 않았을 거라는 사실도.

"당장 이곳을 벗어나!"

그는 다급하게 바깥으로 나왔다.

그러나 그 순간, 광풍이 몰아쳤다.

"크윽."

날리는 흙먼지 속에서 그는 절로 입을 악물었다.

이 광풍은 자연스러운 게 아니라는 것을 알 수 있었으니까.

그 확실한 증거가 바로 하늘에서 내리비치는 환한 빛이었다.

"항복하라! 너희들은 포위되었다! 항복하라!"

허공을 뱅뱅 돌고 있는 네 대의 헬기.

그리고 그 헬기에서 비추고 있는 환한 서치라이트.

"젠장!"

강렬한 서치라이트 때문에 그쪽을 노릴 수도 없다.

물론 헬기도 완벽하진 않다. 이런 숲에서 헬기를 동원해 자신들을 추적하는 데에는 한계가 있으니까.

하지만 문제는 그게 아니었다.

"항복하라! 너희들은 포위되었다!"

항복 권유는 허공이 아니라 숲에서 들려오고 있었다.

즉, 하늘뿐만 아니라 숲속에서도 일단의 병력이 자신들을 노리고 있다는 소리였다.

"도대체 언제……?"

펑위안은 후회했지만 이제 와서 할 수 있는 건 아무것도 없었다.

언뜻언뜻 숲속에서, 그의 부하들보다 몇 배는 많은 사람들이 소총으로 무장한 채로 이쪽을 노려보는 모습이 보였기 때문이다.

"보스!"

"빌어먹을!"

그가 발악적으로 허공으로 총을 쏘려고 하는 순간 옆에 있던 부하가 다급하게 그를 말렸다.

"보스! 그러면 다 죽습니다!"

"차라리 죽어!"

"보스!"

여기서 총격전이 벌어지면 어떻게 될까?

자신들은 도망갈 곳이 없다.

더군다나 수적으로도 불리하다.

물론 통나무로 된 집이 아직 형태를 유지하고 있으나 숨어서 저항할 수도 있겠지만, 그 후에는?

나갈 수도, 지원을 요청할 수도 없다.

"핸드폰이 먹통입니다."

이미 저쪽은 전파까지 모조리 차단한 상황.

거기에다 무장하고 다이너마이트까지 들고 있으니 저쪽은 이쪽에다가 로켓을 쏟아부어도 과잉 공격이라는 소리는 나오지 않을 것이다.

"으으으……."

펑위안은 정신이 아득해졌다.

이번 일을 위해 조직의 무장 세력의 40%를 끌고 왔다.

그런데 함정에 빠지는 바람에 도망갈 수도 없게 되었다.

게다가 여기서 잡히면 WCC에 대한 대대적 검거가 시작될 텐데, 그렇게 되면 다른 조직들이 세력을 잃어버리고 추격당하는 그의 조직을 놔둘 리 없다.

"보스, 끝났습니다."

펑위안은 차라리 싸우고 싶었다.

하지만 이미 다른 조직원들은 무기를 내리고 있었다. 포기했다는 뜻이다.

그런 상황에서 자신이 혼자서 총을 갈겨 봐야 남는 것은 개죽음뿐.

"으아아, 씨발!"

그는 자신의 소중한 데저트 이글을 바닥에 집어 던지면서 분노에 찬 소리를 내질렀다.

"감사합니다."

경찰과 FBI의 요원들은 아주 즐거운 표정이었다.

그럴 수밖에 없는 게, 안 그래도 세력을 넓혀 가며 점차 골 칫덩어리가 되어 가던 WCC를 이렇게 쉽게 일망타진할 수 있을 거라고는 생각하지도 못했기 때문이다.

"이제 그들은 끝이겠군요."

"그렇지요."

소총과 다이너마이트까지 동원한 이상 그들은 죄를 피할 수 없다.

물론 그들도 나름 발악하겠지만 죄상이 너무나도 확실했다.

"그나저나 펑위안이 아버지를 배신했다고요?"

"네. 배신할 수밖에 없었을 겁니다. 그의 아버지는 가족보 다는 조직을 우선하는 인간이거든요. 조직을 붕괴시킨 아들 을 살려 둘 리 없지요."

이대로는 펑위안은 감옥에 갈 수밖에 없다.

그리고 그의 아버지의 힘이라면 감옥에 있는 그를 다른 죄 수를 통해 죽이는 것이 어렵지 않다.

실제로 그런 일이 흔하게 벌어지는 편이고 말이다.

"그러니 살기 위해서는 먼저 아버지를 배신해야 하지요. 조직에 관련된 모든 것을 다 불겠답니다. 대신에 증인 보호 프로그램에 넣어 달라고 하더군요."

"그래요?"

노형진은 피식 웃었다.

그렇게 된다면 아마 그는 목숨은 구할 수 있을 것이다. 그리고 그게 그의 목적일 테고.

"덕분에 주요 갱단 하나가 사라졌습니다."

"별말씀을요."

그들의 감사 인사를 받은 노형진은 몸을 돌렸다.

그리고 창백한 얼굴로 서 있는 메이웨이를 바라보았다.

"다 들으셨지요? 당신이 믿던 WCC는 사라졌습니다. 그것도 당신 덕분에요. 펑위안은 증인 보호 프로그램으로 들어갔고요. 남은 건 당신뿐이지요."

와들와들 떠는 메이웨이.

그럴 수밖에 없는 게, 친아들도 죽이려고 하는 인간이다. 그래서 펑위안이 먼저 배신할 수밖에 없었다.

그런데 자신을 살려 둘 리 없지 않은가?

"이제 당신에게 남은 선택은 둘 중 하나뿐입니다. 나가서 비명에 죽든가, 사실을 모두 말하고 증인 보호 프로그램에 들어가든가."

"그……."

"기회는 딱 한 번뿐입니다. 아, 중국으로 가면 될 거라고 생각하지 마세요. 어떤 면에서 중국은 미국보다 더 무법천지

인 거 아시죠? 곱게 죽고 싶다면 차라리 미국에 계시는 게
좋을 겁니다. 당신같이 아름다운 여성은 중국에 가면 곱게는
못 죽어요. 아시죠?"

메이웨이는 털썩 주저앉았다.

농담이 아니라 실제로 그러니까.

미국에 있으면 총 맞아 죽을 가능성이 높다.

하지만 중국에 가면?

진짜 그렇게 죽으면 하늘이 돕는 거고, 대개는 끌려가서
집단 강간을 당하고 장기는 토막이 나서 팔려 나갈 것이다.

중국은 치안이 좋은 나라가 아니니까.

"자, 사실을 말해 보세요."

"사실은…… 제가 그 남자를 봤을 때는 이미 죽어 있었어
요, 흑흑."

메이웨이는 오열하면서 입을 열기 시작했다.

⚖

"감사합니다."

드디어 형의 명예가 지켜졌다는 사실에 허삼욱은 전보다
는 좀 더 평안해진 얼굴이었다.

물론 그렇다고 해서 형제를 잃었다는 슬픔이 사라지지는
않겠지만.

"일단 사건은 끝났습니다. WCC는 와해되었으니 보복이 들어올 일도 없구요. 뭐, 복수의 대상은 어차피 펑위안과 메이웨이니까 이쪽은 신경도 쓰지 않을 겁니다."

이번 사건에서 자신들이 드러난 부분은 없다.

변론을 한번 하기는 했지만 그들이 무너진 결정적 함정에서 자신들은 모습을 보이지 않았다.

"이제 어쩌실 건가요?"

"일단…… 부모님한테 오해가 풀렸다고 말해야지요."

"오해?"

"네. 부모님한테는 형님이 살인 장면을 목격해 그렇게 되었다고 할 생각입니다."

"사실은 말하지 않으시구요?"

"죽은 형의 명예는 지켜야지요."

노형진은 쓸쓸한 미소를 떠올렸다.

게이라는 것. 그건 명예롭지 못한 것이라는 허삼욱의 생각 때문이었다.

하지만 어쩌겠는가, 지금 현실이 그런 것을.

'차라리 그게 나을 수도 있지.'

이제 와서 죽은 아들이 게이라는 사실을 부모가 안다고 해서 바뀌는 것도 없고 말이다.

"알아서 잘하시리라 믿습니다."

"감사합니다. 진짜 감사합니다."

그렇게 한참 눈물을 흘리던 허삼욱은 사무실을 떠났다.

노형진은 손채림과 나란히 서서 멀어지는 그의 모습을 창 너머에서 바라보았다.

"안타깝네. 결국 죽어서도 자기의 본모습은 인정받질 못하다니."

"자식의 본모습을 인정하는 부모는 의외로 드물어."

"그렇기는 하지."

부모는 자식에게 자신을 투영하려고 한다.

손채림도 그런 부모의 피해자가 아닌가.

"그래도 누명은 벗었으니 다행이네. 죽은 사람에게 남은 건 명예뿐이니까."

"사람은 죽어서 이름을 남긴다 이건가?"

"그럴지도?"

노형진은 고개를 끄덕거렸다.

'애석하게도 인정받지 못하고 명예만 남는 경우도 있지.'

지금도 그럴 것이다.

그리고 그게 현실이라는 것에, 노형진은 왠지 착잡한 마음을 감출 수가 없었다.

보다 더 큰 악

"후우……."

노형진은 텔레비전을 보다가 한숨을 쉬면서 꺼 버렸다.

"내가 아무리 정치 쪽을 두고 보자고 했지만 이건 진짜 눈 뜨고 보기 힘드네."

대선. 대한민국의 대통령을 뽑는 선거.

그 시기가 다가오자 모든 정당은 소위 말하는 '대선 모드'로 움직이기 시작했다.

몇 가지 역사는 바뀌었지만 큰 역사는 바뀌지 않았다.

현 여당인 자유신민당, 줄여서 자신당에서는 원래 대통령이 되는 사람인 박혜령이 나왔고, 현 야당에서는 의외로 유찬성이 대통령 자리를 고사하고 역사대로 문태현이 나왔다.

그리고 노형진은 이 선거의 결과를 알고 있었다.

"내가 아무리 정치랑 거리를 둔다고 해도 이건 가만둘 수가 없는데 말이지. 이놈들을 어떻게 한다?"

노형진은 정치에 관심이 없었다.

정확하게는 그들에게 접근했다가 그들과 같은 인간이 되는 것을 두려워했다.

하지만 그런 노형진이라고 해도 이번 대선은 놔둘 수가 없었다.

자유신민당의 박혜령이 대통령이 된 후에 대한민국은 말 그대로 헬 게이트에 빠진다.

무능하다 못해 정신도 온전하지 않았던 그녀의 행보 때문이다.

그 결과 사이비 종교가 수년간 대한민국을 지배했고, '헬 조선'이라는 말이 생겨난다.

처음에는 놔둘까 하는 생각도 했다.

역사가 그대로 흘러간다면 어마어마한 돈을 벌 수 있는 기회니까.

하지만 돈을 벌 기회는 그게 아니어도 많다.

그리고 자신이 돈을 벌자고 국민들을 도탄에 빠트릴 수는 없는 노릇이다.

"결국 내가 나서서 막아야 하는데."

개인적으로 박혜령과 원한이 있는 것은 아니다.

하지만 그 기간 동안 고통받아야 하는 너무나 많은 사람들을 그저 지켜보고만 있을 수가 없었다.

박혜령이 집권하는 동안 자살한 사람이 몇 명이며 또 의문사한 사람들이 몇 명인가?

"하지만 무슨 수로?"

노형진은 어찌해야 할지 곰곰이 생각에 잠겼다.

돈? 충분하다 못해 넘친다.

하지만 이번 선거는 단순히 돈의 힘으로 해결할 수 있는 사항이 아니다.

자신이 돈을 뿌린다고 해도 한 표 한 표를 행사하는 국민들의 마음을 바꿀 수는 없다.

그렇다고 일일이 돈을 주며 부탁하면 그건 선거법 위반이다.

그럼 경기를 좋게 한다?

그건 현 정권의 업적으로 흡수될 게 뻔하다.

"참 편하네."

노형진은 문득 한숨이 나왔다.

경기가 좋지 않으면 빨갱이 타령으로 권력을 잡고, 경기가 좋으면 자기 업적이라고 권력을 잡는 현 여당의 행태 때문이었다.

결국 그들의 삽질을 막기 위해서는……

"젠장…… 돌고 돌아 다시 최재철이네. 결국 한판 붙어야 하나?"

최재철. 그는 이번 선거의 핵심에 있다.

그럴 수밖에 없는 게, 모든 국민들이 후보에게 관심을 가지는 것은 아니다.

사실 한국은 이미지 정치라는 말이 있을 만큼 사람들이 정치적 신념이나 공약에 관심이 없다.

그리고 그 이미지를 만드는 것이 바로 언론과 인터넷이다.

'그리고 언론과 인터넷을 지배하는 게 최재철이지.'

노형진이 한숨을 쉬는 이유가 그거다.

최재철은 다음 선거를 위해 언론에 어마어마한 압박을 가하고 있다.

북한식 표현을 빌리자면, '결사 옹위의 자세'로 박혜령을 대통령으로 만들려고 하고 있다.

"내가 아무리 돈 뿌리고 정책의 정당성을 알리고 나라의 발전에 대해 떠들어도 의미가 없단 말이지."

한국 정치의 고질적인 문제이다 보니 언론을 지배하는 자가 정치를 지배한다.

그래서 현 정권이 언론 장악에 그렇게 힘썼고 말이다.

"선거 결과를 바꾼다……."

아무리 생각해도 국민들에게 좋은 이미지를 주는 것에는 한계가 있다.

"아, 정치에 끼는 건 싫은데."

그러면서도 노형진은 손으로 톡톡 탁자를 두들겼다.

하지만 권력의 핵심에 있는 최재철을 어떻게 쓰러트린단 말인가?

더군다나 그는 지금 현 정권의 정권 연장의 핵심에 있다.

법원부터 경찰, 검찰 그리고 방송국, 심지어 군대까지 정권 연장을 하기 위해 난리 법석인데 그를 공격하는 것은 사실상 불가능하다.

"후우."

노형진이 한숨을 쉬고 있자 조용하게 들어온 손채림이 고개를 갸웃했다.

"왜?"

"아니, 이번 선거 말이야. 끝난 후에는 최재철의 힘이 더 강해질 것 같아서 말이지."

"아."

"그러면 우리가 싸우기도 더 힘들어질 거고, 어쩌면 우리가 공격당할지도 모르지. 저쪽도 어느 정도 눈치챈 모양이니까."

다른 사람도 아닌 남상진이 한 말이다.

최소한 정치권에 관해서는 그가 제일 잘 알 수밖에 없다. 로비스트니까.

그리고 그 말은, 선거가 끝나면 자신에게 위협이 될 만한 사람들에 대한 제거 작업이 시작된다는 뜻이다.

'그리고 그중에는 우리도 끼겠지.'

자신들의 그의 비밀을 아는지 모르는지, 그건 중요하지 않다.

어찌 되었건 새론은 그와 몇 번이나 싸웠다는 것이 중요하다.

일반적으로 다른 곳은 그를 두려워해서 사건 자체를 받아주지 않으니까.

"어떻게 해서든 공격해야 하는데 영 마땅한 방법이 없네."

"너, 그게 무슨 뜻인지 알지?"

"알지."

손채림도 지금 정치판을 모르지는 않는다.

지금 최재철을 건드린다는 것은 정치판을 뒤흔든다는 이야기다.

"까딱 잘못하면 대통령이 바뀌어."

'그게 목적이야.'

물론 대통령이 바뀌면 미래가 바뀐다.

그렇게 되면 미래에 대한 지식이 쓸데없는 지식이 될 가능성도 아주 높다.

'하지만……'

자신이 미래에 대한 지식을 아는 것으로 이득을 얻기에는, 다음 대통령으로 인한 국가와 국민의 피해가 너무 크다.

'그래, 이 정도면 충분하다.'

지금 가진 능력만으로도 대통령이 바뀌는 충격의 반작용을 충분히 이겨 낼 수 있다.

그리고 설사 바뀐다고 해도 국내시장만 바뀌는 거지 세계적인 흐름이 바뀔 리 없다.

"그렇다고 해도 할 건 해야지."

"으음."

"설사 바뀐다고 해도 올바르지 못한 사람이 되는 것보다는 불확실한 것이 더 나으니까."

"올바른지 어떻게 알아?"

노형진은 피식 웃었다.

"최재철이 결사적으로 밀어 올리려고 하는 사람이 과연 올바를까?"

"이거 참, 할 말이 없네."

손채림도 고개를 끄덕거릴 수밖에 없다.

돈 하나만을 바라고 사람 목숨을 파리 목숨으로 아는 인간이 결사적으로 지키려고 하는 이가, 과연 올바른 사람일 수 있을까?

"그런데 문제는 최재철을 어떻게 공격하느냐는 거야."

지금 최재철은 모든 사건의 핵심이다.

그의 언론통제가 대통령 만들기의 핵심이기 때문에 정부에서도 그를 지키기 위해 전력을 다하고 있다.

"지금 상황에서는 어떤 증거를 들이밀어도 최재철은 풀려날 거야. 아마 달동네 학살 사건이 지금 터져도 덮일걸."

"설마."

"설마라고 생각해?"

"후우……."

돈을 위해 달동네에 불을 질러서 백 명 넘게 죽게 된 사건.
그 사건을 만들고 무마한 것이 다름 아닌 최재철이었다.

"그러니 어떻게 해서든 그가 먼저 권력을 잃어버리게 하는
게 중요한데…… 문제는 현재로서는 어떤 방법을 쓸지 확실
하지 않다는 거야. 아니, 없다고 봐야겠지. 권력의 핵심, 그
것도 아주 주요 인사니까."

노형진이 한숨을 쉬면서 말하자 그걸 듣고 있던 손채림 역
시 한숨을 쉬었다.

"하긴, 그 녀석이 얼마나 권력이 센지는 잘 알지. 인터넷
부터 방송까지 전부 꽉 잡고 있으니까."

"그렇지."

"진짜 돈이 아무리 중요하다고 하지만 그렇게 돈에 영혼을
팔면서 일하고 싶을까?"

"그런 놈 의외로 많아."

"알아. 어디 한두 명이야? 당장 댓글 알바만 해도 넘치는
걸."

"댓글 알바?"

"그래."

"댓글 알바라……."

노형진은 잠깐 침묵을 지켰다.

댓글 알바.

그건 말 그대로 인터넷의 여론을 호도하기 위해 글을 쓰는

놈들을 말한다.

그리고 현 정부의 주요 스킬 중 하나다.

'그러고 보니……'

사실 댓글 알바는 흔하게 쓰인다.

그것도 하나의 홍보 방법이니까.

특히 영화나 신인 가수 홍보 같은 경우는 흔히 쓰곤 한다.

물론 식당 같은 곳에서도 쓰고.

'문제는 말이지……'

정치는 그 흔하게 쓰는 댓글 알바가 불법이라는 것이다.

어떠한 형태로든 여론을 바꾸기 위해 사설 단체를 운영하는 것은 명백하게 현행법 위반이다.

특히나 특정 정당에 대한 지지를 하면서 여론을 호도하는 것은 선거법 위반이다.

'하지만……'

현 정부에서는 댓글 알바를 운영하고 있다.

그리고 그 댓글 알바를 운영하는 주체는 다름 아닌…….

"어쩌면 방법이 있을지도 모르겠는데."

"응? 방법이 있다고?"

"그래. 운이 좋으면 최재철에게 거하게 한 방 먹일 수도 있겠어."

노형진은 씩, 미소를 지었다.

"댓글 알바를 노리자고?"

"그렇습니다."

"그거야 오래전부터 있던 일 아닌가?"

"압니다."

사실 댓글 알바의 행동은 오래전부터 있었던 일이고, 여당이든 야당이든 어느 정도는 운영해 왔다.

'하지만 현 정권은 아니지.'

그동안 중구난방식으로 운영되던 댓글 부대가 현 정권에 들어가면서 치밀하게 구성되어 여론을 호도하는 목적으로 이용되었다.

사람은 여론에 휩쓸리는 동물이다.

자신이 하는 일이 맞는 일이라고 해도 주변에서 뭐라고 해 버리면 입을 다물어 버린다.

'그리고 그렇게 되면 결국 그들이 원하는 것이 주류가 되지.'

실제로 그러한 전략은 역사적으로 상당한 효과를 발휘한다.

댓글 이전에는 소문을 내는 형태로, 그리고 언론을 이용한 형태로 이루어졌을 뿐.

"그걸 박멸할 방법이 있기는 한 건가?"

송정한도 걱정스러운 듯 말했다.

그 또한 현 선거가 불안했다. 하지만 그렇다고 직접 끼어들자니, 아무리 새론이 성장했다고 해도 정부와 싸우는 데에는 한계가 있다.

더군다나 현 정부는 국민이 선택한 정부다.

최재철이야 사람을 수백 명 죽인 살인마니까 싸우려고 한다지만 국민이 선택한 정부와 대립각을 세우는 것은 그리 좋은 게 아니다.

"박멸시킬 방법이 없는 건 아니지요."

"아니라고?"

"네. 댓글 알바를 하다 보면 필연적으로 문제가 생기거든요."

"문제?"

"바로 이름입니다. 댓글 알바를 하는 놈들이 정작 자기 이름으로 일하는 경우는 없지요."

"자기 이름으로 하는 경우가 없다?"

"네, 불법이니까요."

그래서 대부분의 댓글 알바는 남의 이름을 빌려서 한다.

"이름이야 대충 지어 올리면 그만이잖아?"

"그렇지요. 하지만 회원 가입이 문제입니다."

"회원 가입? 아하! 이해했네. 회원 가입이 문제지."

일반적으로 한 사람이 한 사이트에 가입할 수 있는 계정은 한계가 있다.

아무리 많다고 해 봐야 세 개 이상 가입을 하지 못한다.

자신들의 이름만 쓰게 된다면 대부분의 경우 발각을 피할 수가 없다.

"그러니 댓글 알바를 하는 놈들은 남의 명의를 무단으로 도용해 활동하는 놈들이 대부분입니다."

"그렇겠군."

한 사람이 세 개의 계정으로 댓글을 쓰는 데에는 한계가 있다.

그러니 대부분 한 사람이 수백수천 개의 계정을 지급받아서 쓴다.

"그걸 털어 낼 수 있다면 댓글 알바 시스템 자체를 붕괴시킬 수 있을 겁니다."

"광고 쪽도 난리가 나겠군."

"그럴 겁니다. 하지만 엄밀하게 말하면 그건 불법이지요. 아무리 개인 정보가 공공재가 된 세상이라고 해도 불법은 불법입니다."

개인 정보는 개인만의 것이어야 한다.

하지만 기업들은 개인 정보를 무차별적으로 팔아먹었고, 그 결과 중국에까지 흘러갔다.

중국뿐만 아니라 회원 가입에 필요한 주민등록번호 같은 개인 정보는 한 명당 30원이면 구할 수 있는 것이 현실이다.

"광고는 그렇다고 치지만 사실 여론을 주물럭거리는 건 저도 마땅치 않거든요."

"그건 그래. 나도 가끔 낚이니까."

손채림도 이해가 간다는 듯 고개를 끄덕거렸다.

"인터넷에서 상당히 잘 만든 영화라고 해 봤더니 완전히 폭망 한 영화더라."

"그렇지. 그런 경우도 있지. 그런데 어떤 영화인데?"

"〈발렌타인〉인가?"

노형진은 순간 입을 꾸욱 다물었다.

'아마 그 영화는 그런 게 아니지 싶은데?'

자신이 아는 영화와 동일한 영화라면 댓글 알바의 행동이라기보다는 혼자 죽을 수 없다는 인간의 집단 심리에 의한 행동이니까.

"어찌 되었건 중요한 건 댓글 알바를 박멸해야 한다는 거야."

댓글 알바가 법적으로 허용된 광고 전략이라고 해도 그건 어디까지나 해당 업무에 고용된 직원들이 자신들의 계정을 이용하여 하는 것까지만이다.

남의 개인 정보를 이용하는 것은 절대로 불법이다.

"그런데 그런다고 최재철이 타격을 입을까? 선거가 코앞이지 않나?"

김성식은 조용히 듣고 있다가 고개를 갸웃했다.

최재철의 권력은 한창 최고조를 향해 가고 있다.

선거가 코앞이고, 여론전을 통제하는 것이 최재철이니까.

"타격을 입을 수밖에 없습니다."

"어째서?"

"선거가 코앞인데 일을 그르치면 어떻게 될까요?"

"아하!"

누군가 희생양이 필요하다.

선거에서 이긴다면 모를까, 진다면 누군가 책임을 져야 한다.

그것이 권력의 속성이다.

"그리고 최재철의 자리는 애매하지요."

권력의 핵심이고 또 중심이 되는 자리에 있는 사람이기는 하지만 선출직이 아니라 지명직이다.

그러니 권력에서 내치려고 하면 언제든지 내칠 수 있는 자리에 있는 상황이다.

'물론 그걸 뒤집을 만한 힘이 있겠지만.'

하지만 그건 일반적인 경우다.

대선 패배 같은 경우는 상당히 타격이 클 수밖에 없는 문제다.

"그런데 이길 수도 있잖아. 그러면 어떻게 해?"

손채림은 걱정스럽게 말했다.

선거라는 것은 전혀 예측할 수 없는 것이 현실이다.

그러니 자신들이 댓글 알바를 붕괴시키는 것이 정권의 교체로 이어지는 것은 아니다.

"그래도 최재철은 자리가 위험해질 거야."

"뭐? 어째서?"

"큰 실수를 했고, 이번 정권에서 봤다시피 방통위원장은 권력의 핵심 중의 핵심이니까."

"그러면 그대로 유지되는 거 아니야?"

"우리나라는 단임제잖아."

"아하!"

대통령이 바뀌면 같은 정당이라고 할지라도 자기 계파를 챙기려고 하는 것이 정상이다.

그건 어쩔 수가 없는 현실이다.

남의 계파를 챙기는 것은 소설에나 나오는 이야기다.

계파를 떠나서 공정하게 일하는 정치인은 거의 없으며, 남의 계파를 쓴다는 것 자체가 대부분 그 계파에 자신의 정보가 새어 나갈 뿐 아니라 그들의 반대에 대해 사사건건 부딪혀야 한다는 뜻이기 때문이다.

"최재철은 그 자리를 지키고 싶어서라도 어떻게 해서든 현 대통령 후보를 도우려 하겠지."

하지만 큰 실수를 하게 되면 좋은 핑계가 생기는 셈이니 권력을 잡은 계파에서는 권력의 핵심에 그를 앉히려 하지 않을 것이다.

"어찌 되었건 댓글 부대를 잃어버리면 그는 그 자리를 지키지 못한다는 거구나."

"그렇지."

그걸 통제하는 것이 최재철의 책임이니 말이다.

"자네, 그게 얼마나 무서운 말인지 알지?"

손채림이 그랬듯 송정한 역시 노형진의 말에 심각한 표정이 되었다.

선거에 개입하겠다는 말.

그건 정치와는 거리를 둔다는 노형진의 지금까지의 신념에 정면으로 위배되기 때문이다.

"압니다."

노형진은 고개를 끄덕거렸다.

"하지만 때로는 해야 하는 경우가 있지요."

"해야 하는 경우라……."

노형진의 말에 송정한과 김성식도 고민하는 눈치였다.

하지만 오래가지 않아서 둘 다 고개를 끄덕거렸다.

지금까지 노형진이 선택한 모든 것에는 이유가 있었다.

그는 단순히 그저 누가 싫다는 이유로 움직이는 사람이 아니다.

필요하다면 강간범이나 살인범도 보호해야 하는 것이 변호사니까.

"알았네. 더 이상 묻지 않겠네. 그리고 자네 말대로 정권이 바뀌면 최재철의 힘은 더욱 강해질 테니까."

"제가 걱정하는 것도 그겁니다. 전에도 말했다시피 그는 자신에게 조금이라도 반기를 든 이를 놔두는 사람이 아닙니다. 우리에 대해 눈치채기 시작했다면 우리의 진심이 어떻든 간에 밟으려 들겠지요."

이것이 법이다

"그렇지."

회귀 전에도 그의 그러한 성향 때문에 누구도 그의 사돈 사건을 해결하려고 하지 않았다.

일례로 사돈이 운영하는 회사에서 무단으로 산업 용수를 방류했는데, 그로 인해 암과 백혈병 등 많은 질병이 발병해 수백 명이 사망했다.

하나 그럼에도 불구하고 누구도 그 사건을 하려고 들지 않아 노형진이 미국에서 돌아와 그 사건을 맡은 것이다.

그리고 죽었다.

'생각해 보면 사람 목숨을 파리 목숨으로 아는 건 예나 지금이나, 아니 미래나 지금이나 마찬가지로군.'

과거에도 정치자금을 벌기 위해 백 명이 넘는 사람을 죽였고, 미래에도 수백 명을 죽였다.

"댓글 부대를 붕괴시킨다, 그건 좋은 방법이야. 그런데 어떻게 하려고? 자네도 알다시피 댓글 부대에 대해 사람들이 모르는 게 아니야. 대부분은 알고 있지. 그럼에도 불구하고 정리가 되지 않고 있어. 그렇다고 자네가 무조건 고소할 수도 없는 노릇이 아닌가?"

개인 정보 보호법은 친고죄가 아니다.

하지만 어쩔 수 없이 친고죄처럼 운영할 수밖에 없는 구조다.

특히 인터넷은 더 그렇다.

이 댓글을 쓴 사람이 누구인지 알 수도 없고, 설사 안다고 해도 그게 본인인지 사칭한 누구인지 알 수 없다.

무조건 고소를 넣었다가는 도리어 무고죄로 역고소당할
수도 있다는 말이다.

"그건 방법이 있습니다."

"어떤 방법?"

"회원 가입 조회 사이트가 있지요."

"회원 가입 조회 사이트?"

"네."

"인터넷 진흥원에서 '넷프라이버시'라는 곳에 들어가면 자
신이 어떤 사이트에 가입했는지 알 수 있지요. 우리는 조사
하지 못하지만 가입한 사람들, 아니 본인은 조사할 수 있습
니다."

"나도 그곳은 써 봤어. 하지만 내가 가입한 곳이 뜨지 않
기도 하던데?"

가령 가입한 지 너무 오래되었거나 등록되지 않을 정도로
작은 곳은 가입한 경우에는 검색한다고 해도 뜨는 것이 없다.

"그러니까 더 중요한 거야. 어차피 인터넷 여론 작업이라
는 것이 대형 사이트들 위주로 돌아가는 건데, 사람들이 없
는 작은 사이트를 공략하겠어?"

"아! 그러면 그런 곳은 직접 확인하면 되겠구나."

"그렇지."

"자신이 가입한 사이트를 검색해서 메이저 사이트 내 자신

의 가입 기록을 확인한다."

송정한은 잠깐 고민했다. 그리고 조심스럽게 입을 열었다.

"그런다고 국민들이 움직여 줄까?"

"움직여 줄 겁니다. 공짜가 아니니까요."

"공짜가 아니다?"

"현상금을 걸 겁니다."

"현상금? 하지만 그걸 나눈다고 해도 별로 되지도 않을 테고……."

현상금을 건다고 모든 사람이 관심을 보이는 것은 아니다.

혹시나 하며 하는 사람도 있겠지만 사람이 살다 보면 바빠서 이런 행사를 확인하지 못하는 경우도 있고, 설사 안다고 해도 관심을 그다지 가지지 않는 경우도 있다.

그러니 모든 사람들이 관심을 보이는 것은 아닐 것이다.

"일단 금액은 좀 크게 잡아야겠지요."

"그 돈은?"

"돈이야, 뭐."

어깨를 으쓱하는 노형진.

사실 남의 싸움이라면 모를까, 이건 그 자신의 싸움이다.

어떻게 보면 자신을 죽였던 사람에 대한 복수전.

"이럴 때 쓰라고 버는 돈 아니겠습니까?"

"얼마나 하려고?"

"50억 정도면 되겠지요."

"50억?"

"네, 1억씩 쉰 명입니다."

"허얼?"

다들 경악을 금치 못했다.

무려 50억이라는 돈을 내놓으려고 하는 노형진의 행동도 어이가 없지만, 그 정도는 부담이 없다는 노형진의 자금력도 어이가 없다.

"물론 저도 공짜로 하는 건 아닙니다."

"아니라고?"

"네. 신고만 하는 녀석을 기준으로 하면 돈만 받고 튀는 놈이 있을 테니까요. 당연히 돈을 받는 사람들은 우리에게 사건을 맡기는 사람들 중에서 선발할 겁니다."

가령 자신이 쓴 게 맞는데 알바한테 당한 거라고 한 후 돈을 받고 잠적하는 놈이 있을 수도 있다.

당연히 그런 건 노형진이 노리는 최재철의 붕괴에 전혀 영향을 줄 수 없는 일이고.

"우리에게 맡기는 사람들? 설마……?"

"대표님의 예상이 맞습니다. 우리에게 형사 및 민사를 의뢰할 것."

꿀꺽!

다들 침을 삼켰다.

그건 대놓고 최재철을 적대하는 상황이 된다는 뜻이기 때문이다.

"가능할까?"

"가능할 겁니다. 우리는 힘을 많이 키워 왔고, 또 한편으로 최재철의 힘을 계속 빼 왔습니다. 계속되는 실패로 최재철의 힘은 많이 빠졌습니다. 카운터 한 방이면 쓰러질 겁니다."

실제로 원래 역사에서 최재철은 지금과는 비교도 하지 못할 정도로 강했다.

이번 정권의 권력을 이용해서 어마어마한 돈을 쌓아 두고 수많은 정치인들의 비밀을 획득한 결과였다.

하지만 지금은 최재철이 대통령이 오르기까지 시간이 많이 남아 있는 시점이라 힘이 완성되지 않은 상태였고, 거기에 2년 가까운 시간 동안 노형진의 훼방으로 그의 실패가 누적되어 회귀 전에 비하면 채 10분의 1도 안 되는 힘을 가지고 있었다.

"사실 최재철이 지금 자리를 지키고 있는 이유는 그가 힘을 가져서라기보다는 선거가 코앞이기 때문입니다."

사람이 바뀌면 그곳을 장악하고 업무를 관리하는 데 상당한 시간이 걸린다.

그리고 선거 시즌이 닥쳐오는 현 상황에서 최재철을 자르고 다른 사람을 넣으면 언론과 인터넷 통제가 상당히 어렵다.

"그리고 최재철이 결사적으로 통제에 매달리는 것도 지금이 유일한 기회라는 것을 알고 있기 때문이지요."

그동안의 실패가 쌓이면서 미래가 암울해지자 그는 결사

적으로 현 상황에 매달릴 수밖에 없었다.

그리고 그게 노형진이 지금을 노리는 가장 큰 이유였다.

"우리가 공격하기 시작하면 그는 제대로 방어하기 힘들 겁니다."

"어째서?"

"당과 자신 둘 중 하나를 지켜야 하니까요."

"아하!"

이쪽을 지키자니 자연스럽게 선거 쪽에 힘을 실어 주지 못하게 될 테고, 선거를 지키자니 자신이 키우는 댓글 부대의 힘이 빠지게 될 것이다.

"어느 쪽이든 책임을 피할 수 없게 되겠군."

"네."

전쟁은 단순히 유리하다고 싸우는 게 아니다.

상대방이 감당하지 못할 일로 이쪽을 유리하게 만들 수도 있다.

"현재 최재철은 우리의 공격을 감당할 여력이 안 됩니다."

"그 정도로 일이 커질까?"

"그렇게 될 겁니다."

"우리가 무슨 수로?"

노형진이 피식 웃었다.

"일을 크게 만들어 주실 분들이 따로 있거든요."

"뭐? 얼마?"

유찬성은 바빠 죽겠는데 찾아온 노형진의 말에 '잘못 들었나?' 하는 표정이 되었다.

"50억?"

"네."

"정치자금을 50억이나 내겠다고?"

"정치자금이 아닙니다. 포상금이지요."

"으음."

유찬성은 당혹감을 감추지 못했다.

노형진이 한 말대로라면 자신의 정당에 50억을 내겠다는 것이다.

포상금이라고 하지만, 그 대상은 사실상 자기네 정당 지지자들이 될 가능성이 높다.

"그래도 되나?"

"저야 됩니다만, 거절하실 건가요?"

"거절이라기보다는…… 내가 결정할 문제가 아니라서 말이지. 자네도 알다시피 지금은 숨 쉬는 것조차도 당의 의사에 따라야 하는 상황 아닌가?"

"그렇지요."

선거철이 되면 정치인들은 변수를 최대한 줄여야 한다.

멍청한 행동 하나가 정당의 지지율을 까먹는 이유가 되고 표가 나가떨어지는 이유가 되기 때문이다.

그래서 당에서도 어지간한 꼴통이 아니면 이때는 조용히 있는 편이다.

유찬성 의원이 아무리 대선 출마를 거절했다고 하더라도 그건 마찬가지다.

"하지만 정당에 불리할 것은 하나도 없지요."

"그건 그렇지."

일단 외부적으로는 국민을 대상으로 신고를 받겠지만 정당이다 보니 자신들 위주로 선발하려고 할 것이다.

"자네 말대로 저쪽이 심각할 정도로 체계적으로 운영하기는 하지."

유찬성도 안다는 듯 고개를 끄덕거렸다.

하지만 마땅한 방법이 없어서 그저 지켜보고만 있을 수밖에 없는 것이 현실이다.

"하지만 저쪽에서 명의를 빌려준 거라면?"

"당연히 신고 내용에 넣으면 되겠지요."

"아."

명의를 빌려준 것을 인정하고 1억을 받을 것이냐는 질문에는 대부분 예스라고 답할 것이다.

당사자 입장에서는 불법도 아닐뿐더러 설사 불법이라고 해도 강력 범죄는 아니니까.

"아무리 저쪽이 정치적 신념을 가지고 빌려줬다고 해도 1억이라는 돈은 적지 않으니까요. 그리고 아시다시피 정치판에서 남의 명의를 도용하는 건 흔한 일이지 않습니까?"

유찬성은 씁쓸한 미소를 지었다.

그건 여당이든 야당이건 마찬가지이기 때문이다.

가령 무슨 100만인 서명 같은 걸 하면 진짜로 거기에 서명하는 사람은 1만 명도 안 된다.

자기들끼리 명의를 도용해 가면서 사인하고 제출하는 것이다.

그래도 보통은 그냥 넘어가는데, 몇 번인가 발각된 적이 있다.

친인척이야 그냥 넘어가겠는데, 현 야당을 규탄하는 서명에 현직 야당 의원의 친척이 있거나 여당을 규탄하는 내용에 현 여당 의원의 아들이 있는 등 아주 개판이었던 것이다.

"그거야 전화해서 확인하지 않으니까……."

"그러니까 문제입니다."

몇십만 명 서명 같은 건 얼핏 보면 강력한 정치적 힘을 가진 것처럼 보인다.

그래서 다들 그걸 하려 한다.

하지만 정작 이런 일은 비일비재해서 도용하는 경우가 많다.

"그리고 저들이 개인 정보를 수집해 글을 쓸 때 이 사람이 여당인지 야당인지 확인할까요?"

"안 하겠지."

했다면 위에서 언급한 일이 벌어지지 않았을 것이다.

수십수백만 명의 계정을 모조리 지지 정당 등까지 확인하며 조사할 수는 없다.

'뻔하지. 사용 빈도 정도나 조사했겠지.'

특정 사이트에서 자주 활동하는 사람의 경우 그 사람의 계정을 이용해 움직이면 바로 걸리는 데다 문제가 될 가능성이 높다.

하지만 해당 사이트에 가입해도 몇 년간 활동하지 않았거나 아예 가입하지 않은 사람이라면 문제가 될 가능성은 낮다.

그러니 그런 거나 확인하지, 과연 그 사람의 지지 정당을 확인할까?

"그러니 우리 쪽 지지자부터 움직이자?"

"네."

같은 정당의 사람들이 움직여서 그중 몇 명을 찾아내고 그들에게 돈을 준다면, 많은 국민들과 다른 지지자들이 움직이기 시작할 것이다.

그리고 그 와중에 여당 쪽 사람도 관심을 가지고 붙을 거고.

"그리고 이건 사전 선거운동도 아니지요."

"호오."

사전 선거운동이라고 하면 선거에 영향을 주려고 선거 기간이 아닌 시기에 미리 움직이는 것을 말한다.

하지만 이건 사건 선거운동이 아니다. 인터넷 클린 운동이지.

"그렇단 말이지. 좀 알아봐야겠군."

"그러십시오."

노형진은 고개를 끄덕거렸다.

유찬성이 그러는 이유를 알기 때문이다.

'꼬리를 잘라야겠지.'

아무리 현 여당보다는 깨끗하다고 해도 저들도 같은 짓을 했을 가능성이 높다.

만일 상대방을 공격하고자 한다면 반격을 감안해 자신들이 할 수 있는 최대한의 방어를 해야 할 것이다.

"그러면 연락 기다리겠습니다."

노형진은 씩, 미소를 보이고 그곳을 나왔다.

⚖

얼마 후 유찬성 의원으로부터 연락이 왔다. 도움을 기꺼이 받아들이겠다는 것이었다.

"돈은 이미 준비되었고."

잔뜩 쌓여 있는 현금을 보면서 노형진은 고개를 끄덕거렸다.

"이제 남은 건 공개하는 것뿐이야."

"이거 인터넷에서 피바람이 불 거야. 알지?"

"알지. 하지만 좋은 피바람이잖아. 안 그래?"

손채림의 말에 노형진이 담담하게 말했다.

"그건 그렇지만……."

지금 인터넷에는 남의 이름을 도용해 말도 안 되는 광고를 올리는 놈들이 너무 많다.

특히나 메일 같은 경우는 더더욱 그렇다.

인터넷에 접속하면 날아오는 대부분의 메일은 소위 말하는 스팸 메일이다.

그만큼 광범위한 개인 정보 침해가 이루어지고 있다는 것이다.

"하지만 사람들은 어디에 가입했는지 모르니까 어떻게 대응하지 못하는 거지."

하지만 넷프라이버시를 쓰게 되면 그때는 이야기가 달라진다.

어떤 사이트에 가입했는지 알게 되면 최소한 탈퇴하려고할 테고, 독한 사람들은 아마도 소송까지 불사할 것이다.

"그리고 우리 새론과 하늘이 그걸 싹 쓸어 오는 거지."

그런 작은 사건을 하는 곳은 한정되어 있는 데다 개인 변호사에게 가려면 상당히 비싸다.

하지만 집단소송 시스템을 가진 새론은 구조적으로 훨씬쌀 수밖에 없다.

50억을 투자한다고 하지만 그건 버리는 돈이 아니다.

인터넷이 깨끗해지는 돈이고, 소송을 통해 자신들이 다시

받아 올 수 있는 돈이다.

"다만 남의 이름을 마음대로 도용한 놈들은 발등에 불이 떨어지겠지."

과연 그 숫자가 얼마나 될지는 모를 일이다.

"하아."

손채림은 한숨을 푹 쉬면서 고개를 흔들었다.

"아마 범죄자들이 네가 이러는 걸 알면 널 죽이려고 할 거야."

"어째서? 자기를 잡는 것도 아닌데."

"얼마 전에 뉴스도 못 봤어? 범죄자 숫자가 너무 늘어나서 교도소에 자리가 없다잖아, 자리가! 교도소 생활이 최악이라고!"

"그래? 다행이네."

"뭐?"

"범죄자들이 편하게 거기 있으면 뭐 해. 그래 봤자 다른 범죄자들에게 범죄나 배우겠지."

수감의 목적은 교정과 교화다.

하지만 한국의 교도소에서는 교정과 교화가 거의 불가능하다.

그럴 수밖에 없다.

웃기게도 한국은 피해자보다 가해자 인권이 우선인 나라여서, 가해자가 교도소에서 민원을 넣으면 교도관이 징계를 받는다.

심지어 자신이 불편하다고 교도소장을 대상으로 소송을

넣으면 교도소장이 징계를 받는다.

그래서 교도관들이나 교도소장이 도리어 범죄자들의 눈치를 보는 터무니없는 구조로 되어 있다.

그런 상황에서 무슨 교정과 교화란 말인가?

"개고생 좀 해 보면 교정과 교화가 되겠지."

물론 그럴 가능성이 아주 낮다는 게 문제지만.

"과연 이번에는 몇 명이나 교도소로 보낼 수 있을까?"

"너 완전 재미 들렸구나?"

"기대되는데. 지난번에 최종 스코어가 1만 2천 명이었나 그랬지?"

부모 학대 유기 사건을 대대적으로 털고 나니 유기 살인 관련 가해자들이 그렇게나 많았다.

결국 나라가 발칵 뒤집어졌고, 그들 대부분이 교도소로 주소를 이전해 무료 급식을 받고 있다.

"넌 검사를 했어야 했어."

"그랬으면 이 일 못 했지."

"하긴."

그랬다면 아마 대부분의 사건이 윗선에서 잘렸을 것이다.

학대 살인 사건의 가해자 중에는 고위 공직자들 역시 상당 수 있었으니까.

"그런데 말이야."

"응?"

"이거 참 로또 같지 않아?"

"로또?"

"그래, 대국민 로또. 다른 점이라고는 개인에게 부여된 번호가 있는 것뿐이잖아."

노형진은 수긍한다는 듯 고개를 끄덕거렸다.

"로또 맞네. 로또."

대국민 로또.

이제는 그 수령자를 찾을 시기였다.

⚖

황수영은 이번 실적을 확인하면서 미소를 지었다.

"이번 달도 실적이 괜찮네."

수십만 건의 댓글을 달아서 여론을 호도하고 국민들을 지배하는 것은 생각보다 재미있는 작업이었다.

자신을 반대하면 일단 빨갱으로 몰아붙이면서 집요하게 괴롭히면, 대부분의 사람들이 학을 떼고 그곳을 떠나 버렸다.

그런 식으로 자기 정당에 반대되는 자들을 모조리 쓸어버리고 나면 이곳은 오로지 자신들만 찬양하는 사람들만 남는다.

그렇게 되면 그 후에 여론을 호도하는 것은 일사천리다.

자신들이 쓴 글을 다른 사람들은 찬양하고, 멋모르는 사람들은 그 글을 보고 자신들이 대세라고 생각한다.

"황수영 팀장님."

"뭔가요?"

실적을 바라보면서 추가로 들어올 돈을 생각하며 흡족한 표정을 짓던 그녀는 부하의 다급한 말에 실적표를 내려 두고 고개를 들어서 바라봤다.

"크…… 큰일 났습니다."

"큰일?"

"그렇습니다. 바깥에 야당 인사들이 몰려왔습니다!"

"뭐요!"

황수영은 화들짝 놀라 벌떡 일어났다.

여기는 도심도 아니고 사람들의 왕래가 거의 없는 외부 지역이다.

그것도 혹시나 몰라서 펜션을 빌려서 단체로 작업하고 있었다.

그런데 야당 인사들이 어떻게 여기에 온단 말인가?

"아니, 어떻게요! 그게 말이 됩니까!"

"경찰에 개인 정보 보호법 위반으로 고발이 들어왔답니다."

"그건 적당히 무마해 주기로 했잖아요!"

"적당히가 안 될 수준입니다."

"뭐예요?"

이런 일을 하다 보면 자신이 도용당했다는 걸 알게 되는 사람들이 나오기 마련이다.

그런 사람들이 신고하면 인터넷 사이트에서는 가짜 아이피를 주고, 경찰은 그 아이피를 조사하도록 되어 있다.

당연히 그 아이피는 아무것도 없거나 가짜 주소이니 사건은 '증거 없음'으로 끝나야 하는데…….

"이런 미친!"

황수영은 잽싸게 창문에 붙어서 커튼을 열고 바깥을 보다가 얼굴이 사색이 되었다.

야당 인사라고 해서 한두 명이라고 생각했는데 아니었다.

족히 버스 네 대는 들어왔고, 그 뒤로 다른 차량들이 더 들어오고 있었다.

그리고 맨 마지막으로는 경찰까지.

"제기랄!"

황수영은 다급하게 핸드폰을 들어서 해당 사이트의 담당자에게 전화했다.

하지만 전화를 받지 않자 입술이 바짝바짝 탔다.

그렇게 십여 번을 더 전화하고 나서야 그녀는 담당자와 통화할 수 있었다.

"이게 어떻게 된 겁니까!"

─그게, 팀장님…….

상대방은 당혹스러운 목소리였다.

그런데 그 뒤로 사람들의 소란스러운 목소리가 들려오고 있었다.

-죄송합니다. 아직 조사가……

-저희도 알아보는 중이라……

-이번 사건의 영향은……

'일이 커졌구나.'

담당자가 한 말이 아니더라도 뒤에서 들리는 말만으로도 일이 단단히 틀어졌다는 사실을 알아차린 황수영 팀장은 상대방을 재촉했다.

"어떻게 된 거예요! 그쪽에서 사건을 무마해 주기로 했잖아요!"

-야당에 당했습니다.

"당했다니요?"

-그들이 애초에 우리 뒤통수를 칠 생각으로 함정을 팠습니다!

"그게 뭔 말이에요!"

-사실은……

설명을 들으면서 황수영 팀장은 입을 쩍 벌렸다.

이건 애초부터 다 알고 뒤통수칠 생각으로 들어온 거라고밖에는 볼 수 없는 구조였다.

-어떤 사건으로 고소당했는데……

그에 대한 협조 요청이 들어왔다.

이유는 명의 도용.

그리고 그 진짜 원인이 무엇인지 알아차린 사이트에서는

약속한 대로 가짜 아이피를 건네줬다.

진짜 주소를 주면 이곳이 털릴 테니까.

그런데 그게 함정이었다.

그게 모조리 현 야당으로 들어갈 줄은 몰랐던 것이다.

"현 야당으로 들어갔다고요?"

-네. 그리고 그 녀석들이 그걸 터트렸습니다.

한두 명도 아니고 수천 명의 사건을 모조리 가짜 아이피를 줬다.

서로 다른 경찰서에서 협조 요청이 들어와 몰랐는데, 알고 보니 야당이 그렇게 받은 가짜 아이피들을 모아서 정리하고 있었던 것이다.

그리고 수천 명의 신고 기록을 증거 삼아 사이트에서 증거를 조작하고 아이피를 감추며 선거에 끼어들고 있다며 핵폭탄을 때려 버렸다.

"허억!"

황수영은 자신도 모르게 휘청거렸다.

국민들이 바보도 아닌데, 수천 명이 수십만 건의 도용을 신고했는데 가짜 아이피를 알려 줬다는 사실을 알면 가만있을 리 없다.

-지금 언론에서는 난리가 났습니다. 항의 전화도 장난 아니고, 사장님하고 주요 임원들은 증거인멸 및 선거법 위반 그리고 방송 통신법 위반으로 모조리 고발되었습니다.

"그러면 설마……?"

ㅡ그래서 아이피를 주지 않을 수가 없었습니다.

최악의 사태가 벌어졌다.

차라리 처음부터 정당에서 달라고 했다면 시간을 끌면서 어떻게 해서든 튈 수 있었을 것이다.

하지만 이미 회사가 증거 조작으로 걸린 상황에서 더 이상 조작한다는 것은 치명적인 문제였다.

아무리 야당의 힘이 약하다고 하지만 이 정도면 서버에 대한 전면적 조사를 할 수도 있는 문제인데, 그렇게 된다면 너무 많은 게 드러날 수밖에 없기 때문이다.

"이럴 수는 없어!"

황수영은 비명을 지르면서 전화를 내던졌다.

어떻게 여기까지 왔는데 이렇게 걸릴 줄이야.

"당장 서버 내려! 모조리 포맷 해! 증거 지워!"

"네!"

그들은 황급하게 움직이기 시작했다.

이렇게 되면 최대한 빨리 증거를 없애는 것이 중요해지기 때문이다.

그때였다.

"어?"

갑자기 주변이 깜깜해지면서 모든 것이 나갔다.

"어? 뭐야?"

"뭐야?"

다급하게 두리번거리는 사람들.

그러나 불은 들어오지 않았다.

"뭐야?"

"당장 증거 지워!"

"이래서는 못 지웁니다!"

부하들은 다혹스럽게 말했다.

컴퓨터 포맷도 전력 공급이 정상적으로 이루어질 때 할 수 있는 거지, 불이 나가서 전기가 없는데 컴퓨터가 작동될 리 없다.

그리고…….

쾅! 쾅!

마치 저승사자의 발소리처럼 묵직하게 울리는 문 두들기는 소리.

"다 알고 왔다! 문 열어! 경찰도 같이 와 있다!"

황수영은 털썩 주저앉았다.

⚖

"열까?"

"안 열걸."

열면 무슨 일이 벌어질지 안다. 그러니 열 수가 없다.

저들은 그저 당에서 올 때까지 버티는 수밖에 없다.

"그나저나 전기는 왜 끊은 건가?"

유찬성은 저 멀리서 도망가는 사람들을 보면서 물었다.

그들은 노형진이 보낸 사람으로, 몰래 가서 전기를 끊으라는 지시에 따라 잽싸게 끊고 도망가는 중이었다.

"두 번 당할 수는 없지 않습니까?"

"두 번? 아아."

유찬성 의원은 눈을 찌푸렸다.

얼마 전에 있었던 일이 생각난 것이다.

어떤 정부 요원이 댓글 작업을 하다가 걸렸는데 그걸 알고 찾아간 사람들이 들어오지 못하게 문을 잠그고는 증거를 모조리 삭제한 일이 있었다.

그리고 자신을 찾아왔던 사람들을 모조리 감금죄로 고발했는데, 정부는 정말로 그들을 감금죄로 처벌했다.

"아무리 포맷 하려고 해도 이렇게 전기 자체를 끊어 버리면 증거를 없앨 수가 없지."

"하지만 걸리면?"

"기껏해야 재물 손괴 정도?"

어깨를 으쓱하는 노형진이었다.

이 정도 재물 손괴면 벌금 수준에서 끝난다.

그리고 애초에 이 건물은 빌려서 쓰는 건물이다.

그러니 재물 손괴를 걸기 위해서는 건물주가 나서야 한다.

"그런데 걸까?"

"무리겠지."

아무리 돈이 많아 이런 곳에서 저런 대형 펜션을 운영하는 사람이라고 해도, 정당과 척지고 싶은 생각은 없을 것이다.

더군다나 수리비를 주지 않겠다는 것도 아니고 말이다.

"이번에는 감금의 문제가 안 될 겁니다."

지난번에는 정당 관계자가 다급하게 오는 바람에 졸지에 감금죄로 처벌받았다.

하지만 이번에는 정식으로 법적 절차를 밟았고, 심지어 수색영장까지 발급받았다.

물론 경찰과 검찰에서는 결사적으로 막으려고 했지만 현 국회의원 수십 명이 몰려와서 무섭게 노려보는데 절대로 안 된다고 할 수는 없었던 것이다.

"자, 그러면 어떻게 대응할지 두고 보자고요, 후후후."

노형진은 씩 웃으며 말했다.

알바 대 알바

"뭐? 지금 뭐라고 했어!"

"작업장이 야당에 털렸습니다."

"작업장? 어디가? 어디가 털렸냐고!"

"그게…… 다 털렸답니다."

"다? 잠깐! 다라고?"

"네."

"지금 서른 곳이 넘는 작업장이 모조리 털렸다는 거야!"

"네!"

"이런 미친!"

이건 말도 안 된다. 불가능하다.

그럴 수가 없다.

어떻게 야당에서 그걸 다 찾아낸단 말인가?

"그게······."

부하는 떠듬거리면서 사실을 모조리 보고했다.

최재철은 다리가 후들거렸다.

이건 이만저만 큰일이 아니다.

안 그래도 댓글 부대를 쓴다는 의심을 받고 있는 상황이다. 그것도 대부분 기정사실화하고 있다.

하지만 대부분이 기정사실화하는 것과, 실제로 발각되어 처벌까지 가는 것은 전혀 다른 문제다.

"이게 무슨 일이야······."

전혀 예상하지 못했다.

설마 이런 식으로 당할 줄이야.

'그러고 보니······.'

최재철은 아차 하는 생각이 들어다.

얼마 전 야당에서 했던 캠페인이 생각났다.

클린 인터넷 캠페인.

도용 없는 깨끗한 인터넷 세상을 만들자고 무려 '50억'이나 상금을 걸었던······.

"빌어먹을······. 내가 왜 그런 가능성을 생각하지 못했지?"

댓글 부대는 수십만 명의 개인 정보를 이용해 댓글을 달고 여론을 호도한다.

그러니 그중 한 명이 돈에 혹해 떠벌린다면 자신들이 추적당할 수도 있다는 뜻이었다.

"어쩐지……. 신고하라는 것도 아니고, 정당에서 그런 신고를 받아 주다니."

야당에서는 들어오는 신고 중에서 자기들과 관련이 있는 것만 골라서 덮치면 그만이었다.

"위원장님, 어떻게 할까요? 지금 다들 이러지도 저러지도 못하고 있는 상황입니다."

"당장 나와서 도망치라고 해!"

"주변에 사람이 너무 많답니다."

"사람이 너무 많다고?"

"네."

"젠장, 그러면 증거는? 모조리 삭제한 거 맞지?"

"그게, 전원이 모조리 나가서……."

"뭐?"

"지난번에 당한 일 때문인지 외부에서 전선을 모조리 잘라 버렸답니다."

"……."

고작 빌라니 작은 빌딩 같은 곳이다. 대체 전원이라는 것이 있을 리 없다.

당연히 전기가 나가면 모조리 멈춰 버렸을 것이다.

"혹시…… 갑자기 전기가 나가면서 데이터가 지워질 가능성은?"

혹시나 하는 희망을 가지고 묻는 최재철.

하지만 그가 신경을 쓰지 않아서 그렇지, 현대 과학기술은 그의 생각보다 훨씬 발전해 있었다.

"요즘은 갑자기 전원이 나가면 작업하고 있던 걸 자동으로 저장하게 되어 있습니다."

도리어 그의 입장에서는 최악으로 발전했다는 말에 최재철은 손이 벌벌 떨렸다.

지금까지와는 차원이 다른 다급함이 그의 온몸을 감싸고 돌았다.

'안 돼……. 이러면 안 되는데…….'

선거에 매달리고 언론과 인터넷을 통제하느라 야당에서 하는 쓸데없는 캠페인이 어떤 상황을 불러올지 생각하지 못했다.

전이라면 모를까, 요즘은 일어 너무 많아서 야당에 신경을 쓰지 못한 것이 실수였다.

"이, 이런……."

그는 덜덜 떨리는 몸을 감쌌다.

하지만 떨리는 몸을 멈출 수는 없었다.

'이번 일은 안 돼……. 이번 일은 안 되는 거야…….'

지금까지 이상한 일이 몇 번 있었다.

하지만 그건 어디까지나 자신들과 거리가 있거나 자신들을 도와준 자들이 몰락한 정도였다.

하지만 알바 부대의 괴멸?

그건 치명적이다.

더군다나 선거가 얼마 안 남았는데!

그러면 안 그래도 적대적인 인터넷 여론을 통제할 수가 없게 되어 인터넷과 언론 두 날개 중 하나를 잃어버리게 된다.

더군다나 이 시스템을 갖추느라고 수백억을 쓴 당과 정부에서 자신을 가만둘 리 없다.

"당장 당에 협조를 요청해! 가서 꺼내 오라고! 손대지 못하게 하란 말이야!"

"하지만 위원장님, 그랬다가는……."

그랬다가는 당에서 사실을 알게 된다는 말을 차마 끝까지 하지 못하는 부하.

"나라고 모를 줄 알아!"

하지만 방법이 없다.

전국에 서른 곳이 넘는 작업장이 있는데 그 모든 곳에 직접 갈 수도 없는 노릇이고, 설사 간다고 한들 야당에서는 모든 의원들을 총동원해 분배해 놨을 테니 막을 수 있는 것도 아니었다.

저쪽의 숫자가 엄청나니 이쪽에도 그에 걸맞은 숫자가 필요했다.

"아…… 알겠습니다."

황급하게 나가는 부하 직원의 뒤통수를 보면서 최재철은

머리를 부여잡았다.

"여당에서 갑자기 사람들을 불러들였답니다."

한 사람도 아니고 당에서 움직이는데 그걸 모를 리 없다.

노형진은 그쪽에 심어 둔 사람을 통해 그들의 움직임을 확인했다. 그리고 예상한 듯 고개를 끄덕거렸다.

"그러겠지."

"'그러겠지.'라니. 상관없다는 거야?"

"상관없다기보다는, 뻔한 거 아닌가? 지난번에도 그랬잖아. 그리고 현 상황에서 그거 말고 방법이 있나? 기껏해야 검찰 보내서 의원들을 압박하거나 지난번처럼 감금죄랍시고 겁주려고 하겠지."

"설마……."

"배워서 앞으로 나아가는 인간이었다면 정치하고 있겠냐?"

노형진의 촌철살인에 손채림은 쓰게 웃었다.

배워도 앞으로 나아가지 못하는 게 바로 정치인들의 속성이니까.

"그러면 어쩌려고?"

"우리도 알바를 써야지."

"알바?"

"그래. 저쪽도 댓글 부대 쓴다는데 우리라고 쓰지 말라는 법 있어?"

"하지만 댓글 부대가 진짜로 있는 게 아니잖아?"

설사 있다고 해도 현 야당은 이번 작전을 준비하면서 없앴을 가능성이 높다.

그리고 이렇게 한꺼번에 털어 냈다고 해도, 인터넷에 갑자기 야당 친화적 댓글이 늘어나면 역으로 여당에서 야당이 댓글 부대를 운영한다면서 공격해도 할 말이 없다.

"저들이 오면 우리가 불리해질 텐데?"

의원의 숫자도 일단 여당이 더 많고, 현 여당이 정부를 좌지우지하고 있으니 경찰이나 검찰도 그들의 눈치를 보지 않을 수가 없다.

그러니 도리어 전처럼 이쪽이 끌려 나갈 가능성이 높다.

"그게 목적이야."

"어? 우리가 끌려 나가는 게 목적이라고?"

"그래."

"아니…… 뭔 말이야, 우리가 끌려 나가는 게 목적이라니?"

이해가 되지 않는다는 표정으로 되묻는 손채림.

"말해 주고 싶지만, 진짜 재미있는 건 나중에 보여 줘야지. 안 그래?"

"도대체가 무슨 말을 하는 건지……."

손채림은 캐물을까 하다가 고개를 흔들고 말았다.

뭔가 기대되는 장면을 말하지 않는 것은 노형진 특유의 버릇이다.

보안을 위한 것도 있지만, 그걸 보고 있노라면 속이 시원하다나?

"저기 오네."

그렇게 얼마나 지났을까?

저 멀리서 한 무리의 차량이 오는 것이 보였다.

"거참, 빨리도 움직인다."

이쪽은 사람을 총동원했어도 고작 버스 두 대를 채웠을 뿐이다.

그런데 저쪽은 지지자 버스만 무려 다섯 대다.

그리고 그 뒤에는 경찰 중대의 버스도 보였다.

엄청난 동원력이었다.

"저걸 어쩌려고……."

손채림은 그걸 보고 사색이 되었다.

끌려 나가는 것이 목적이라더니…….

"자, 그러면 슬슬 이쪽도 준비되어야 하는데."

노형진은 무전기를 들고 어디론가 연락했다.

"준비는 어떤가요?"

─모든 준비가 끝났습니다. 상태도 좋고요.

"좋습니다. 다치는 사람이 나오지 않게 최대한 조심하세요."

─네, 조심하겠습니다.

무전기를 끈 노형진은 다른 곳에 전화를 걸었다.

수화기 너머에서 유찬성의 목소리가 흘러나왔다.

"이쪽은 도착했습니다. 그쪽은요?"

―아직일세. 아무래도 지방 쪽이다 보니 시간이 좀 걸리는 모양이야.

"준비는 다 하셨죠?"

―자네 말대로 했네. 이런 수작질은 저쪽이 전문인 줄 알았는데 말이지.

"지금까지 하지 않은 것일 뿐, 저 이런 거 잘합니다."

히죽 웃은 노형진은 몇 가지만 확인하고는 전화를 끊었다.

그사이 버스는 안으로 몰려들어 오고 있었다.

"우리는 여기서 구경이나 하자고, 후후후."

⚖️

"이게 무슨 꼴이야! 이게!"

최재철은 운전사의 좌석을 발로 쾅쾅 차며 버럭버럭 소리를 질러 댔다.

하지만 운전사는 아무런 말도 하지 못하고 조용히 운전만 할 뿐이었다.

이 상황에서 그를 건드려 봐야 좋을 게 없기 때문이다.

"일단 경찰과 함께 왔으니 가서 몰아내야 합니다."

"하지만 그 새끼들이 영장을 받아 왔다면서!"

"아직까지 밀고 들어가지 않았잖습니까? 거짓말일 가능성이 높습니다."

"으음."

그들 말로는 영장을 받아 왔다고 하는데, 어쩐 일인지 증거가 있는 안쪽으로 밀고 들어갈 생각을 하지 않고 있었다.

전원이 나가서 증거를 없애지 못하는 걸 알고 있다고 하지만 왠지 반응이 느렸다.

"그러면 죽여 버려야지, 개새끼들."

당에서는 이 일을 어떻게 할 거냐면서 거품을 물었다.

그리고 사방으로 국회의원을 보내 압박을 하기 위해 빠르게 움직이기 시작했다.

그래서 그 역시 다급하게 가장 가까운 곳으로 달려온 것이다.

"위원장님, 거의 도착했습니다."

"기자들은?"

"도착하는 즉시 합류할 겁니다."

이미 기자들과는 이야기가 끝난 상황이다.

그들은 이후의 상황을 촬영하면서 야당에서 이들을 감금하고 있다는 식으로 이야기를 끌어낼 것이다.

지난번처럼 말이다.

"개자식들, 어디 한번 두고 보자. 지난번에 그렇게 당하고도 아직도 정신을 못 차려?"

이를 박박 갈며 차에서 내리는 최재철.

그리고 그 뒤를 이어 내리는 지지자들과 전경들.

"이 새끼들아! 뭐 하는 거야!"

"아이고, 빨갱이 새끼들이 사람 죽인다!"

"이 빨갱이 새끼들이 무슨 짓거리야!"

엄청난 사람들이 몰려오자 그곳에 있던 사람들은 다들 움찔하면서 뒤로 물러났다.

그럴 수밖에 없었다. 저쪽은 이쪽보다 족히 두 배는 더 숫자가 많았으니까.

"법률 집행 중입니다, 최재철 위원장님."

누군가 앞으로 나서서 말하자 그쪽을 바라본 최재철은 코웃음을 쳤다.

'이거 뭐야? 모양 빠지게 고작 초선이야?'

아무리 자신이 지명직이라고 하지만 상대방이 고작 초선 의원이라는 사실에 최재철은 속으로 적잖이 안심되었다.

이 정도 되는 인간에게 죄를 뒤집어씌우는 건 일도 아니기 때문이다.

"누구 마음대로요? 지난번에도 그렇게 사람을 감금하더니 아직 버릇을 못 고쳤네요?"

지난번에 당한 걸 찌르며 말하자 순간 이영태 의원의 얼굴이 붉어졌다.

하지만 그는 애써 심호흡하면서 말을 꺼냈다.

"그때는 영장이 없었구요. 아까도 말했지만 우리는 정당한 영장을 집행하고 있습니다."

"누가 그걸 믿습니까?"

"경찰, 영장 보여 줘요."

그러자 이영태 뒤에 있던 경찰은 곤란한 표정으로 앞으로 나와서 종이를 내밀었다.

"이건?"

"영장입니다."

최재철은 살짝 당황했다.

진짜로 영장이 있을 리 없다고 믿고 있었기 때문이다.

'그런데 어째서?'

이 정도 숫자에 영장도 있다. 거기에다 경찰까지 있으면 이미 밀고 들어갔어야 정상이다.

"마침 잘되었네요. 저쪽에서 문을 열어 주지 않으니 최재철 위원장님께서 설득해 주시지요. 어찌 되었건 위원장님 사람들 아닙니까? 아닌가요? 거짓말은 하지 맙시다."

이영태가 차갑게 말하자 최재철은 배알이 꼴렸다.

여기까지 왔는데 영장이 있으면 정당성에서 자신이 밀리기 때문이다.

'그러면 방법은 하나뿐이지. 한국이 뭐 있어? 힘 있고 목소리 큰 놈이 이기는 거야.'

자신이 소리를 지르면서 겁박하면 경찰은 자신의 명령에

따를 수밖에 없다.

저쪽에도 경찰과 지지자가 좀 있긴 하지만, 이쪽에는 그보다 훨씬 많다.

"지금 여기가 어디라고……!"

그가 일단 기선 제압을 하려고 하는 순간, 갑자기 이영태 의원의 뒤에서 일단의 사람들이 몰려나왔다.

"어?"

그들이 팔에 차고 있는 완장을 본 최재철은 순간 아차 하는 생각이 들었다.

그들의 완장에는 기자라는 글자가 쓰여 있었던 것이다.

'이런 씨발! 뭐 이렇게 기자가 많아? 아니, 우리 쪽에서 보낸 기자 말고도 또 있었나? 아, 씨발. 뭐야?'

한두 명도 아니고 수십 명이 그에게 달려들어 마이크와 사진기를 들이밀면서 사진을 찍고 질문을 던지기 시작했다.

"여기서 국가적 단위의 부정선거 여론 조작이 벌어지고 있다는데, 사실인가요?"

"위원장님은 그 사실에 대해 알고 계십니까?"

"최재철 위원장님, 한 말씀 해 주시지요!"

"여당이 선거를 조작한 게 맞습니까!"

"이 모든 게 현 대통령 후보자의 명령이라는 말이 있던데, 사실인가요!"

"최 위원장님이 이 모든 일에 대한 책임자라고 하던데, 그 말이 사실인가요?"

엄청난 질문 공세에 다들 당황해 어쩔 줄 몰라 했다.

기자들이 그렇게 몰아붙이니 방법이 없는 거였다.

'씨발, 이 새끼들이 미리 기자를 불렀나? 아, 썅! 우리 쪽 기자들은 뭐 하는 거야! 다른 질문을 해서 물타기 해야 할 거 아냐!'

그런 그의 의중을 읽은 건지, 그와 함께 온 기자들도 질세라 한꺼번에 주변에 몰리면서 질문을 던졌다.

"저들의 감금 행위에 대해 어떻게 생각하시나요!"

"이런 누명이야말로 사전 선거운동이라고 생각하지 않으십니까?"

그들은 필사적으로 실드를 치면서 최재철을 보호하려고 했지만 워낙 숫자에서 밀려서 그게 쉽지 않았다.

하지만 그 상황에서조차 최재철은 자기네 기자들에게만 대답하면서 어떻게 해서든 이곳에서 벗어나려고 했다.

기자들이 많으면 자기에게 좋을 게 없으니까.

그 순간이었다.

ㅡ이 새끼들아! 뭐 해! 당장 이 새끼들 끌어내!

'어?'

어디선가 들려온 목소리.

그 목소리에 다들 당황했다.

그리고 최재철 역시 당황했다.

이런 말을 하는 미친놈이 어디에 있단 말인가?

−당장 끌어내라고, 이 새끼들아! 이 새끼들 다 빨갱이야! 기자고 뭐고 다 끌어내, 이 새끼들아! 다 끌어내서 두들겨 패!

두 번째로 들리는 말에 다들 시선이 최재철에게 쏠렸다.

최재철은 그 시선을 받고는 당황했다.

'아니, 왜?'

최재철이 왜 사람들이 자신을 바라보나 하고 생각하는 찰나, 갑자기 상황이 돌변했다.

"끌어내라!"

갑자기 한쪽에서 끌어내라는 고함이 들리더니 일단의 경찰 병력이 기자들을 마구 끌어내기 시작했다.

기자들은 당황해 저항하려고 했지만 수적으로도 밀리는 데다 저항하는 데에는 한계가 있었다.

"어, 뭐야?"

"뭐 하는 거야!"

기자들이 항의하려는 순간 들려오는 다른 목소리.

−기자고 뭐고 저 빨갱이 새끼들 모조리 죽여 버려!

그리고 최재철은 당황했다.

이제야 알아챘다, 그 목소리가 누구 목소리인지.

하지만 이건 불가능했다.

'이건 내 목소리인데?'

의문이 풀리기도 전에 갑자기 전경들이 앞으로 나서서 기자들과 지지자들을 마구 끌어내기 시작했다.

"놔! 놓으라고!"

기자들이 저항하는 그때였다.

퍼억!

이질적인 소리가 들리면서 한 남자가 앞으로 고꾸라졌다.

그리고 그 남자 앞에는 경찰용 3단 봉을 들고 있는 남자가 서 있었다.

"허억!"

"지금 저걸로 팬 거야?"

입을 쩍 벌리는 순간, 당황한 경찰은 쓰러진 남자를 끌고 뒤로 빠지기 시작했다.

"뭐 하는 거야!"

"야, 막아!"

막으려고 하는 기자들.

그러자 본능적으로 그들을 막아야 한다는 생각을 한 다른 경찰이 화급히 나섰다.

"어떻게 해서든 막아!"

"카메라 다 빼앗아!"

"야! 카메라 뺏어!"

기자들과 대대적으로 충돌한 경찰.

결국 싸움이 거세지고 기자들이 카메라를 빼앗기지 않으려고 거세게 몸부림치자 경찰들은 하나둘씩 경찰봉을 꺼내 들었다.

"아악!"

"사람 살려!"

"기자 죽는다!"

가차 없이 기자들을 두들겨 패면서 카메라와 노트북을 사정없이 부수고 박살 냈다.

그리고 경호원들에 의해 뒤로 끌려 나온 최재철은 지금 벌어지는 일을 확인하고 사색이 되었다.

이게 얼마나 위험한 상황인지 직감적으로 알아차린 것이다.

'마…… 망했다.'

이 상황이 새어 나가면 난리가 날 게 뻔했다.

그는 어떻게 해서든 막아야 한다는 생각에 입을 열려고 했다.

하지만 주변에서 다른 목소리가 흘러나왔다.

ㅡ카메라랑 녹음기 다 빼앗아! 여기서 있었던 일이 새어 나가면 안 돼! 모조리 빼앗아!

그는 낯선 자신의 목소리에 말문이 턱 막혔다.

그 와중에도 경찰과 여당 지지자들은 기자들과 야당 지지자들을 두들겨 패면서 끌어내고 있었다.

⚖

ㅡ나는, 나는 저팔계. 왜 나를 싫어하나.

최재철의 목소리는 노래를 부르고 있었다.

하지만 그 목소리가 나는 곳은 최재철의 입이 아니라 녹음

기였다.

"이거 어떻게 한 거야?"

"간단해. 적당히 음성 원본만 있으면 목소리를 짜깁기하는 건 일도 아니야."

그리고 최재철이야 사방에서 말하고 다니는 게 직업이니 음성 원본을 얻는 것은 어려운 일이 아니었다.

"도대체 어떻게……. 그나저나 저거 미친 거 아냐, 기자들을 두들겨 패서 끌고 가다니?"

"후후후."

그런데 저런 미친 짓을 멀리서 몰래 보는 노형진의 입가에는 왠지 미소가 서려 있었다.

손채림은 그가 함정을 팠다는 사실을 알아차렸다.

"도대체 뭔데? 엉?"

"간단한 트릭이지. 이쪽도 여론의 함정을 이용한 거야."

"여론의 함정?"

"그래. 내가 말했던 여론 효과 기억하지?"

다른 사람들을 쫓아내고 일방적인 목소리만 낸다면 그게 주류의 목소리가 된다.

"그런데?"

"저거 가짜 기자야."

"어? 가짜 기자라고?"

"그래. 애초부터 여기에 기자라고는 거의 없었어. 뭐, 아예 없는 건 아니지만, 그들은 상황을 모르지."

"그게 무슨……?"

"간단해."

애초에 기자들이 몰려가서 달라붙는 것은 노형진의 계획
이었다.

그런데 그렇게 되면 최재철과 그 지지자들은 막으려고 할
테니, 당연히 대혼란이 펼쳐지게 된다.

"그 후에, 짜잔!"

아까 전 목소리가 등장하는 것이다.

미리 짜깁기한 녹음 파일에서 흘러나오는 목소리지만, 누
가 들어도 최재철의 목소리라고 생각할 것이다.

"허얼, 설마 그래서 경찰이?"

"땡!"

"땡?"

"그것도 함정."

"뭐?"

"이중 함정이지."

애초에 쓰러진 사람을 때린 경찰도 이쪽에서 심은 사람들
이다.

급하게 오느라고 사방에서 긁어모았으니 서로 모르는 사
람들이 많을 테고, 혼란 와중에 슬쩍 들어가는 것은 어려운
일이 아닐 것이다.

사복 경찰들이 많았으니까.

"하지만 증거는 경찰용 3단 봉이지."

3단 봉에 맞아서 쓰러진 이도 당연히 이쪽 사람.

"그리고 경찰의 반응은 사실 정해져 있거든."

이런 경우 증거를 확보하고 현장을 보존하는 것이 법적으로 맞다.

하지만 지금까지의 경찰과 전경의 행동은, 이런 경우 쓰러진 사람과 그 가해자를 뒤로 빼돌리고 증거를 감추는 것이었다.

"거기에 최재철이 증거가 남으면 안 된다고 소리까지 질렀지."

당연히 경찰은 극단적으로 반응할 수밖에 없는 상황이었다.

상급자의 명령, 거기에 자신들의 치명적인 약점이 될 증거가 촬영되었을지도 모르는 카메라가 사방에 있다.

"그리고 저 와중에 기자들이 자기편인지 아닌지 구분할 수 있을까?"

"허얼!"

당연하게도 경찰은 카메라를 들고 있는 모든 사람들을 공격했다.

기자나 '보도'라고 적힌 물건을 가진 사람은 모조리 공격했고, 물건을 부쉈다.

"그리고 여기서 세 번째 함정."

"설마……."

저쪽에서 혹시나 기자들을 구분할 때를 대비해 이쪽 기자들에게 말했다, 혼란을 유도해 자기네 쪽으로 기자들을 당겨 오라고.

그러니 경찰 눈에는 누가 봐도 야당 측 기자다.

"자, 사람이 맞아서 끌려갔고 기자들은 두들겨 맞았어. 그리고 장비는 다 부서졌지. 과연 저 기자들이 이 일을 좋게 쓸 수 있을까?"

"허얼······."

치밀한 함정이었다.

"다른 곳도?"

"다른 곳은 조금씩 다르지."

다른 곳에서는 이곳처럼 극단적인 일이 벌어지지는 않을 것이다. 그러면 도리어 사람들이 이상하게 볼 테니까.

"하지만 이곳 말고 한 곳 더 이런 일이 벌어지겠지."

"그래서 아까 유찬성 의원이······."

"유 의원은 적당히 썩은 인간이거든."

지금 상황이 자신들에게 불리하다는 것을 알고 있다.

그나마 유리한 인터넷 여론도, 이들이 댓글 알바를 동원해 움직이고 있으니 언제 뒤바뀔지 알 수 없다.

"하지만 상황이 바뀌었지."

아무리 최재철이라고 해도 이 정도 일을 무마할 수는 없다.

당한 '기자'들이 가만히 있을 것도 아니며, 저 안에는 진짜 기자들도 당연히 있다.

그러니 그들의 입장에서는 이런 초대형 이슈를 방치할 리 없다.

"재미있지? 안 그래?"

"너만 재미있겠지."

지금쯤 사색이 되어 있을 최재철을 생각한 손채림은 고개를 절레절레 흔들었다.

"오래 기다린 정의잖아?"

"그건 그런데……."

"그리고 아직 일 안 끝났다."

"어?"

"내가 원하는 건 최재철과 현 정권의 몰락이지, 댓글 부대의 몰락이 아니야."

노형진의 궁극적인 목적은 현 여당이 정권을 잡지 못하게 하는 것이다.

이번 사건은 최재철에게 치명적인 타격이 될 테지만, 도리어 그로 인해 댓글 부대가 묻혀 버릴 수도 있다.

"그런 만큼 확실하게 붕괴시켜야지."

⚖

한바탕 난리가 난 후에도 그들은 숨어 있는 건물에서 나오지 못했다.

세상이 발칵 뒤집어졌기 때문이다.

"이게 무슨 일이야……."

황수영은 이해할 수가 없다는 표정으로 망연히 중얼거렸다.

외부와 소통할 방법이 없어서 나갈 수도 없고, 물어볼 수도 없다.

전원이 나가는 바람에 핸드폰도 충전시킬 수가 없었고, 나가자니 지난번에 벌어진 일이 보통 일이 아니라는 것쯤은 그도 알 수가 있었기 때문이다.

"어?"

"뭐야? 경찰이 돌입이라도 하려는 거야?"

바깥을 살피던 부하의 말에 황수영은 벌떡 일어나서 바깥을 바라보았다.

그런데 거기에 서 있는 것은 초로의 노부부였다.

"뭐야? 노인들이 왜 여기에?"

다들 어리둥절한 표정을 되는 순간, 갑자기 그 노부부가 무릎을 꿇고 싹싹 빌기 시작했다.

그리고 그다음 순간, 그들의 입에서 상상치도 못한 말이 흘러나왔다.

"우리 아들 좀 살려 주세요…… 제발……. 이렇게 부탁드립니다."

⚖

노부부가 경찰을 찾아왔다.

그리고 아들이 안에 있다며, 설득하고 싶다고 했다.

안 그래도 언론에 가루가 되도록 까이고 있던 경찰은 기자들과 함께 온 그 노부부의 부탁을 거절할 수가 없었다.

그러자 그 노부부는 경찰이 허락하는 가장 가까운 곳에 가서 무릎을 꿇고 눈물을 흘리면서 아들을 살려 달라고, 내가 죽어도 좋으니 아들만 제발 살려 달라고 빌기 시작한 것이다.

"너무 불쌍해."

그곳을 지키고 있던 경찰들도, 손채림도, 여당 관계자들도 그 모습에 눈물을 감추지 못했다.

아들을 살려 보겠다는 두 부모의 마음 때문이었다.

오로지 단 한 명, 노형진만 그들을 무표정한 감정으로 바라볼 뿐이었다.

"넌 눈물도 안 나? 너무 불쌍하잖아."

"불쌍하네."

"그런데 어쩜 그리 무표정하니? 진짜 너, 그렇게 독한 사람인 줄 몰랐다."

"글쎄…… 불쌍하기는 하지만 진짜가 아닌걸."

"뭐?"

"저분들, 알바야. 이야, 연기 잘하네."

일순간 얼어붙었던 손채림은 치밀어 오르는 분노를 참을

수가 없었다.

"야, 이놈아! 내 감동 돌려내!"

"감동은 무슨."

마구 때리는 손채림을 슬쩍 피한 노형진은 그 노인들을 보다가 뒤에 있는 사람들을 바라보았다.

"그 감동은 이따가 써. 저 사람들 빼고는 다 진짜거든."

"어? 뭐?"

그 뒤에는 다른 사람들의 부모가 함께 와 있었다.

내부에 누가 있는지 알 수는 없지만 주변에 주차된 차들을 조사하면 차주가 나오니까.

이 먼 곳까지 버스를 태워 데려오지는 않았을 테니까.

"그냥 들여보내면 되잖아. 그런데 왜 가짜를 보낸 거야?"

"이미지 작업."

"뭐?"

"뒤에 있는 부모들을 봐."

첫 번째 부모가 다짜고짜 살려 달라고 빌기 시작하자 그들은 눈에 띄게 불안해하고 있었다.

갑자기 자녀가 경찰에 포위되어 있다고, 그러니 투항을 종용해 달라는 황당한 부탁을 받고 허겁지겁 왔는데, 먼저 들어간 다른 노부부가 자녀를 살려 달라고 하면서 눈물을 흘리자 불안이 치밀어 오른 것이다.

"저들도 저기에 가면 똑같이 반응하겠지, 자기 자녀를 살려 달라고."

"설마……."

"그러면 외부에 어떻게 보일까?"

노형진은 차갑게 웃었다.

그렇게 되면 과연 어떻게 보일까?

저런 반응은 보통 인질극에 자녀가 잡혀 있는 부모들이 보이는 행동이다.

모든 부모들이 두려워할 만한 상황.

"아마 많은 사람들이 동질감을 느끼겠지."

그리고 저곳에 있는 범죄자들을 마치 인질극을 벌이는 범죄자인 양 느낄 것이다.

그리고 저들은 특정 정당에 소속된 작자들.

"미친."

"이건 사전 선거운동 아니다."

선거운동이 아니다.

하지만 단 두 명이 눈물을 흘림으로써 저들에게 '인질극을 불사하는 파렴치한 집단'이라는 이미지가 뒤집어씌워진 것이다.

"이거 불법 아니야?"

"글쎄. 애매할걸."

불법이라고 해도, 어떻게 자신을 처벌할 것인가?

불법인지 알 수도 없다.

시간이 지나면 잊힐 것이고, 국민들은 저 두 노인이 있었던 것조차 기억하지 못할 것이다.

"그 사건 이후 자식과 연락이 되지 않아서 여기에 있는 줄 알았다고 하면 그만이지."

노형진이 평소와 다르게 차갑게 말하자 손채림은 그런 그에게서 왠지 거리감을 느꼈다.

"이렇게까지 해야 해?"

"그래야 해. 가족이 끼면 저기서 나온 사람들이 진실을 말할 수밖에 없거든."

나와서 모른 척하면 자신의 계획이 틀어진다.

실제로 댓글 알바를 한 사람은 적지 않지만 자수하는 사람은 없다. 양심에 찔리기 때문이다.

그렇다면 더 양심에 찔리게 만들면 된다. 그 미끼가 바로 부모다.

"네가 왜 이렇게 이번 문제에서 필사적인지 모르겠다."

"모르는 게 좋을걸."

고개를 흔든 노형진은 기다리던 스태프에게 신호를 보냈다.

그러자 스태프는 고개를 끄덕이고는 안으로 들어가서 울고 있는 노부부를 데리고 나왔고, 그다음으로 다른 노인이 들어갔다.

그는 그곳으로 다가가서 조심스럽게 품에서 뭔가를 꺼냈다.

"제 하나밖에 없는 딸입니다. 아내가 죽고 혼자서 키운 아이입니다. 제발…… 살려 주세요. 이 늙은이의 목숨을 드리겠습니다. 인질이 필요하면 제가 되겠습니다. 제발 살려 주세요, 제발."

그 모습에 노형진도 눈물이 어리는 것은 어쩔 수가 없었다.

아까와 다르게 진심이 담긴 호소.

그가 품에서 꺼낸 낡디낡은 가족사진.

어린아이와 같이 서 있는 젊은 부부.

아마 유일하게 남은 가족사진일 것이다.

"제길."

이렇게 독해질 수밖에 없도록 만드는 이 세상에, 절로 욕지거리가 튀어나왔다.

⚖️

"아빠!"

다들 그 장면을 보고 있었다.

사실 다들 나가고 싶지만 나가지 말라고 해 나가지 못할 뿐이었다.

다행히 식량도 있고 물도 나오는 덕분에 부족한 건 없었지만, 이건 예상 밖의 일이었다.

"아빠! 아빠!"

젊은 여자가 자신을 찾아온 유일한 가족을 보고 울부짖었다. 그리고 당장이라도 뛰어나가려고 했다.

당연히 황수영은 그런 그녀를 잡았다.

"잡아! 못 나가게 해!"

그녀가 나가면 기자가 붙는 것은 당연한 일이고, 기자가 붙으면 댓글 알바에 대해 모조리 까발려지게 될 것이다.

그러면 곤란해진다.

"막아!"

나가려는 여자와 그걸 막는 이들의 소란이 바깥으로 새어 나오자 뒤에 있던 부모들 역시 오열하기 시작했다.

"제발! 우리 아이 좀 살려 주세요!"

"돈이든 뭐든 다 드리겠습니다!"

"아이고! 우리 애 좀 살려 주요, 경찰님!"

울고불고 경찰에 매달리고 하는 사람들.

하지만 경찰은 이미 돌입하지 말라는 명령을 받았다. 그래서 들여보낼 수가 없었다.

"젠장, 그만 좀 울어! 조금만 기다리면 당에서……!"

말을 하려던 황수영은 누군가 어깨에 손을 올리자 뒤를 휙 돌아보았다.

"팀장님."

부하가 그의 어깨에 손을 올린 채로 고개를 흔들었다.

"늦었습니다."

"뭐?"

"이미 끝났어요. 우리가 할 수 있는 건 없습니다."

그는 다른 손을 들어서 좀 떨어진 곳에 있는 카메라를 가리켰다.

"우리가 버티는 거, 부모가 우는 거, 그리고 우리가 나가지 못하게 하는 거 모두 찍혔을 겁니다. 이게 나가면…… 우리는 끝입니다."

"아니야! 그럴 리 없어! 당에서 언제든 해결책을……!"

그러자 부하는 그의 양쪽 어깨에 손을 올렸다.

"팀장님…… 아니, 여보, 끝났어."

"……."

공적인 부분에서는 절대로 여보라는 말을 하지 않던 남편이다.

그런 그의 말에 황수영은 정신이 확 들었다.

"당신이 정치권에 들어가고 싶었던 거 알아. 하지만…… 이미 우리는 버려졌어. 이게 다 나갔는데 누가 우리를 정치인으로 추천해 주겠어?"

"……."

"이 이상 더 끌면 우리는 감금한 게 되어 버리는 거야."

이미 젊은 사람들은 부모를 보고 나가고 싶어 하고 있었고, 부모가 오지 않은 사람들도 얼굴에는 절망만이 남아 있었다.

"끝내자."

황수영은 힘겹게 고개를 끄덕거렸다.

"나갑시다. 우리가 양심을 팔아먹기는 했지만…… 그냥 담담하게 우리 죄를 받아들입시다."

남자의 말에 문이 벌컥 열리고, 안에 있던 직원들은 자신의 부모를 찾아 뛰어 나갔다.

"엄마!"

"아빠!"

"미안해요, 엉엉엉!"

"잘못했어요! 다시는 안 그럴게요, 엉엉."

그런 그들의 모습은 인터넷으로 모조리 생중계되고 있었다.

"후우."

노형진은 그런 그들의 모습에 길게 한숨을 내쉬었다.

다행히 예상대로 진행되었다.

씁쓸하지만, 더 큰 피해를 줄이기 위해서는 저들이 잠깐 가슴 아파할 수밖에 없었다.

"이제 끝이야?"

"아니."

노형진은 눈을 크게 떴다.

"이제 피날레를 쏴 올려야지."

그의 눈동자에서는 차가운 파란 불빛이 춤추고 있었다.

선거의 방식

최재철은 부들부들 떨고 있었다.

최악과 최악이 덮쳤다.

댓글 공작을 했다는 증거가 상대방에게 넘어갔다.

그것까지는 좋은데 자신의 명령으로, 최소한 외부적으로 자신의 명령으로 인해 기자들을 폭행하고 카메라를 부수던 장면이 여기저기서 흘러나간 것이다.

"어떻게…… 이럴 수는 없어……."

자신은 입도 뻥긋하지 않았다.

하지만 현장에서 들린 목소리는 누가 봐도 자신의 목소리였고, 거기에 있는 사람들은 모두 인정했다.

자신의 명령에 따라 행동했다는 것을.

게다가 그렇게 부수고 빼앗았는데도 카메라의 메모리 카드가 살아남거나, 몸을 던져 카메라를 지켜 낸 기자들도 있었다.

그 결과 신체의 일부가 부러지고 입원까지 하게 되자 기자들은 제대로 화가 나서 그의 통제에서 벗어났다.

아무리 압력을 가해도 방송에서 신문에서 그 이야기를 계속 떠들기 시작한 것이다.

─그 당시 최재철 방통위원장은 기자들을 공격하라는 명령을…….

"젠장!"

허공을 날아간 재떨이가 벽에 붙어 있는 텔레비전에 부딪쳤다.

그러자 '빠지직' 하는 소리와 함께 텔레비전은 박살이 났다.

최재철은 머리를 부여잡았다.

"이건 악몽이야……."

이 악몽이 끝나기를, 그는 간절하게 기도했다.

하지만 이 악몽을 만들어 준 사람, 노형진은 이 악몽을 끝내 줄 생각이 없었다.

⚖

"그 사람, 대피시켰지요?"

"그래."

"그가 사라졌다고 가슴 아파하거나 할 사람은?"

"없네. 부모님도 돌아가신 지 오래고, 여자 친구도 없어. 형제나 자매도 없고, 친척이 있기는 한데 사이가 좋지는 않아. 부모님이 돌아가실 때 돈을 내놓으라고 해서 싸웠거든."

유찬성의 말에 노형진은 고개를 끄덕거렸다.

"그러면 그를 추적할 사람은 없는 거네요?"

"없을 걸세."

"좋습니다. 뭐, 영원히 사라지라는 건 아니니까."

노형진은 히죽 웃었다.

"그러면 작전대로 실행해도 되겠네요."

"음…… 좋은 작전이기는 한데 말이지, 양심에 안 찔리나?"

"네?"

"이런 건 사실 청계의 방식이지 않나?"

"아, 청계."

노형진은 청계를 생각하고는 고개를 끄덕거렸다.

함정을 파서 상대방을 몰락시키는 것은 과거 노형진이 무너트린 법무 법인 청계의 주특기 중 하나였다.

"이런 말이 있지요. 괴물과 싸우는 사람은 스스로가 괴물이 되지 않도록 조심해야 한다."

"그건 부정할 수가 없는 사실이지."

유찬성은 쓸쓸하게 웃었다.

처음 정치에 입문할 때만 해도 이렇게 될 줄 상상도 하지 못했다.

깨끗한 정치를 하겠다고 자신만만하게 들어왔건만, 남은 것은 이제 늙고 탐욕스러운 노인네라니.

"중요한 건 내 안의 괴물을 얼마나 잘 통제하느냐입니다. 그리고 저나 유 의원님은 적당히 통제하지요. 반면에 청계는 통제에 실패했구요."

"확신하나?"

"확신할 수는 없지요. 하지만 자신을 두려워할 수는 있습니다."

"자신을 두려워한다라……."

유찬성은 그 말을 곱씹었다.

어떻게 보면 그게 자신이 지금까지 버틸 수 있는 이유인지도 모른다.

남을 두려워하기보다는, 자신을 두려워하며 한계를 넘지 않으려고 했으니까.

"하지만 이번 괴물은 우리도 어느 정도 선을 넘지 않으면 안 되니까요."

앞으로 벌어질 끔찍한 일들에 대해 노형진은 입에 담고 싶지 않았다.

이제 벌어지지 말아야 하는 일이고, 그걸 말해 줘 봐야 누구도 믿지 않을 테니까.

그저 그 일이 벌어지지 않게 자신이 노력하는 것만이 최선일 뿐이었다.

"누차 말하지만 세상을 청소하려면 누군가는 몸을 더럽혀야 합니다."

유찬성은 고개를 끄덕거렸다.

노형진과 자신이 잘 맞는 부분이 바로 그 부분이었다.

누군가는 더러운 일을 하지 않으면, 더러운 부분은 절대로 청소되지 않는다.

"알았네."

유찬성은 고개를 끄덕거리면서 자리에서 일어났다. 그리고 바깥에 있는 기자들에게 향했다.

"친애하는 대한민국 기자 여러분, 저는 여러분들에게 한 건의 실종 사건을 보고하기 위해 이 자리에 섰습니다."

⚖️

-그 당시 촬영된 영상에 쓰러진 남자는 현 야당 당직자로서, 그날 경찰에게 공격당해 쓰러진 후 여전히 행방이 묘연한 상태입니다. 정부에서는 해당 남자에 대한 신고가 들어온 적이 없다며 부정하고 있습니다. 이에 야당 측은 공격을 당한 후 경찰에게 끌려가는 장면이 멀쩡하게 촬영되어 있는데 시신도 없다는 것이 말이 되느냐며······.

단순히 정치인이 멱살을 잡고 싸우는 것은 흔한 일이다.

오죽하면 국회의원을 인터넷에서는 '국K-1'이라고 비하하면서 말할 정도였다.

하지만 자기들끼리 멱살잡이를 하는 건 상관없으나, 민간인이 공격당한 뒤 실종된 데다 그 사실을 국가로부터 부정당하면 상황은 달라진다.

"피해자를 내놔라!"

"더러운 놈들!"

바깥에서 들리는 시위자들의 목소리에 현 여당 대표는 골머리를 앓고 있었다.

"지금 지지율이 몇 %입니까?"

"36%입니다."

"끄응……."

다들 침음성을 흘렸다.

나라를 팔아먹어도 자신들이 얻는다고 확신하는 지지율이 36%다.

그러니까 상대방 쪽 지지자를 뺀 부동층은 대부분 빠져나갔다고 봐야 한다는 거다.

"어쩌다가……."

바로 얼마 전까지만 해도 자신들의 지지율은 50%가 넘었다.

아슬아슬하지만, 다시 대통령을 만들고 권력을 차지할 수 있을 거라 생각했다.

그런데 단 한 번의 사건으로 모든 것이 뒤집혔다.

"망할 최재철 같으니라고!"

누군가 욕하자 다들 고개를 끄덕거렸다.

안 그래도 이미 몇 번이나 실수를 범했다.

일찌감치 갈아 치웠어야 하는데, 대선 모드로 들어가면서 주요 직위에 있는 사람들을 갈아 치우면 통제에 문제가 생길까 봐 놔둔 것이 심각한 실수였다.

그 때문에 인터넷 댓글 부대가 발각되었고 또 그로 인해 일이 이 지경까지 왔다.

"댓글 부대에 대한 건은 어떻습니까?"

"일단 잘 수습하고 있습니다. 다행히 야당에서 실종이라는 떡밥을 던져 준 덕분에 댓글 부대에 관한 관심이 많이 줄었습니다."

"다행이라니……."

민간인 한 명이 경찰에게 맞은 후 끌려가 실종되었다. 그 후에 발견되지도 않은 상황이다.

그런데 그게 다행이라니.

"하지만 댓글 부대보다는 다행입니다. 만일 그게 발각되면 타격이 더 클 겁니다."

"으음."

과연 어느 게 우선인지는 알 수가 없다.

하지만 정치적으로는 댓글 부대 건이 자신들에게 더 불리한 것이 사실이다.

"당장 최재철을 끌어내릴까요?"

"아니요."

"네?"

당직자들은 당 대표의 말에 깜짝 놀랐다.

최재철로 인해 이 일이 벌어졌다. 그런데 그런 그를 놔두라니?

이해가 가지 않았다.

"대표님, 최재철은 가만둘 수가 없습니다."

"압니다. 그래서 놔두라는 겁니다. 희생양이 필요하지 않습니까?"

"아……."

여기서 자신들이 잘라 버리면 좋겠지만, 국민들의 여론은 그 책임자를 눈앞에서 처단하는 것을 요구한다.

먼저 사과하면서 처리해 해결해야 하는 일이 있고, 눈앞에서 희생양을 내줘야 하는 일이 있다.

"그 자리에 놔뒀다가 국민들이 반발하면 그때 자르고 책임을 물으면 됩니다. 아직 그가 해야 하는 일도 있으니까요."

"아직 해야 하는 일요?"

"상황이 이러니 그가 나서서 뒷수습을 해야 하지 않겠습니까? 일단 가장 확실한 방법은 빨갱이 프레임입니다. 모든 언론을 통해 이번 싸움을 빨갱이 대 국민으로 몰아가요."

"하지만……."

요즘은 그게 제대로 먹히지 않는다.

거기에다 섣불리 빨갱이라고 뒤집어씌우면 자신들에게 역으로 고발이 들어간다.

"걱정하지 마세요. 지금은 선거 중입니다. 국정원도, 경찰도, 검찰도, 군대도 모두 우리의 승리를 위해 움직이고 있는데 누가 고발한다고 눈이나 꿈쩍하겠습니까?"

"하긴, 그렇겠군요."

전이라면 군대와 국정원 간의 알력 싸움으로 인해 누군가 빨갱이라고 떠벌릴 경우 그걸 신고하면 두 집단이 조사에 나섰다.

하지만 지금은 두 집단이 협력하는 상황이다. 그러니 다시 빨갱이 프레임을 이용해도 된다.

과거보다는 덜 먹힌다고 하지만, 여전히 강력한 무기인 건 부정할 수 없다.

"이번 선거에서 어떻게 해서든 이겨야 합니다. 안 그러면 큰일 나요."

그들의 눈에는 탐욕과 더불어 공포가 드러나 있었다.

⚖️

"이거 참…… 어떻게 예상에서 한 치를 못 벗어나는구먼."

송정한은 보던 신문을 내려놓으면서 말했다.

노형진이 말한 대로 최재철은 아직 자리를 지키고 있었으며, 정부의 대책은 예상에서 벗어나질 않았다.

"그거 말고는 방법이 없으니까요."

선거철이 되었는데 자신들이 불리할 때 그들이 꺼내는 방법은 언제나 '북풍'이었다.

"네가 말한, 배워도 앞으로 나아갈 줄 모르는 사람이 정치인이라는 말이 이해가 간다."

손채림 역시 너무 뻔한 반응에 한숨만 나왔다.

"그러면 이제 어쩔 거야?"

"저들의 언론통제를 더욱 가속화시켜야지."

"뭐?"

"사실 지난번에 사건을 알린 건 일부 기자들의 반발 정도였어."

선거라는 것은 워낙 세력이 나뉘는 싸움인지라 그렇게 패싸움이 나도 세력의 이탈은 없다.

물론 부동층의 움직임이 있기야 하겠지만, 소위 말하는 '콘크리트 지지층'은 그 정도로는 움직이지 않는다.

"그러면 어쩌지?"

"나이 먹은 사람들을 공략해야지."

"어떻게?"

"내가 왜 부모들을 거기까지 데려갔다고 생각해?"

두 사람은 똥 씹은 표정이 되었다.

그 당시 있었던 일이 생각났던 것이다.

아무리 승리를 위해서라지만 그렇게까지 해야 하나 싶은 생각도 들었고.

"걱정하지 마. 내가 그들을 망하게 하려고 하는 건 아니니까."

"그러면?"

"내가 합의 권한을 모조리 받아 온 데에는 이유가 있지."

아무리 노형진이 승리를 위해 싸운다고 하지만 멀쩡한 사람들을 말려 죽이면서까지 이기고 싶은 생각은 없었다.

"결국 중요한 건 여론이니까."

⚖

"소…… 손해배상요?"

"네. 피해자가 수만 명입니다."

노인들은 부들부들 떨었다.

한두 명도 아니고 수만 명의 피해자라면 그 손해배상액이 얼마가 될지 도무지 감도 잡지 못할 지경이었기 때문이다.

"흑흑……."

"이렇게 될 줄은 몰랐어요."

"진짜예요."

댓글 알바를 하던 사람들은 눈물을 흘렸지만, 상황은 이미 벌어진 후다.

"하지만 이건 우리 아이들도 강제로, 어쩔 수 없어서 한 거 아닙니까?"

"그게 말이지요. 강제로 한 게 아니라서 문제입니다."

이들은 명백하게 임금을 받고 일한 노동자였다.

그리고 현행법을 위반하고 있다는 것을 알면서도 행한 범죄자였고 말이다.

"만일 손해배상을 요구해 오면 각자 수십억을 배상해야 할 겁니다."

"수…… 수십억!"

"어억!"

"아, 아빠!"

휘청거리는 사람들을 보면서 노형진은 침묵을 지켰다.

잠깐은 저들이 자신들의 처지를 생각할 틈을 줘야 하니까.

그렇게 한바탕 폭풍이 스쳐 지난 후, 그들은 힘없이 고개를 숙였다.

"그러면 방법이 없는 겁니까?"

"방법이 없는 건 아닙니다."

"없는 건 아니라고요?"

"네. 사실 정치라는 건 어떤 면에서는 전쟁이지요."

"전쟁?"

"그렇습니다. 전쟁에서는 패배하면 모든 책임을 뒤집어쓰니까요."

역사는 승자의 역사라고 한다.

전쟁에서 진 자는 소리 소문 없이 사라질 수밖에 없다.

'전범'이라는 죄목을 뒤집어쓰고 말이다.

"하지만 방법이 없는 건 아닙니다."

"네?"

"아무리 반대파라고 해도, 상대방 국가의 국민들을 모두 죽일 수는 없으니까요."

그래서 '전범'이라는 것이 생겨났다.

단순히 명령을 받고 행동한 사람들을 모두 처벌하지 않고, 전쟁을 일으킨 주범들만 처벌하는 것.

"여러분들은 어떻게 보면 범죄자입니다. 현행법상의 선거법 위반 사범이자 개인 정보 보호법 위반 사범입니다."

"으음……."

"하지만 달리 생각해 보면, 일선에서 싸우는 병사와 같은 처지이지요."

만일 그런 병사들이 반역을 일으켜서 이쪽의 승리를 확정하는 데 도움을 준다면 승리한 쪽에서 과연 손해배상을 요구할까?

그럴 리 없다. 아니, 그럴 수가 없다.

"하지만……."

"물론 하기 싫으시다면 강제하지는 않겠습니다. 하지만

이 부분은 아셔야 합니다. 누군가 한다면, 그 배상액은 더 늘 어납니다."

"더 늘어난다고요?"

"네."

책임져야 하는 사람이 백 명인데 열 명이 나가면 남은 아 흔 명이 그 책임을 져야 하는 게 당연하다.

결국 나가는 사람이 많아질수록 그 배상액은 기하급수적 으로 늘어날 것이다.

"어쩌면 끝까지 버티는 한 분이 모두 책임지게 될지도 모 르지요."

그러자 사색이 되는 사람들.

그 와중에 뒤에서 우물쭈물하던 사람 중 한 명이 조심스럽 게 손을 들었다.

"하지만 피해자 개인이 소송을 걸 수도 있지 않나요?"

"그 부분을 어떻게 아시나요?"

"창피하지만…… 법대생입니다……."

부끄러움에 고개를 푹 숙이는 남자.

노형진은 그를 보고 혀를 끌끌 찼다.

'법대를 다닌다면서 이런 일을 하다니.'

한편으로는 어이가 없지만 한편으로는 또 이해가 간다.

돈이 없어서, 생활비가 없어서, 등록금이 없어서.

결과적으로 나라가 개판이라 어떻게 해서든 돈을 벌어야

대학을 졸업할 수 있는 구조가 되었으니까.

'이 망할 놈의 천민자본주의.'

오죽하면 미국에서 지금은 거대 로펌이 된 드림 로펌의 대표인 엠버는 자신을 만나기 전에 변호사 신분으로 고급 콜걸을 해야 했다.

그래야 빚을 갚을 수 있었으니까.

"그러면 현실은 잘 모르겠네요."

"네? 아, 네……. 실무는 잘……."

"물론 법적으로는 맞습니다. 하지만 현실적으로 개인이 손해배상을 요구했을 때 받을 수 있는 배상액은 한정되어 있지요. 그 절차 또한 무척이나 까다롭고 복잡하고요."

일단 변호사 비용이 문제다.

법을 모르는 사람이 이런 소송을 하는 것은 쉬운 게 아니니까. 어찌어찌 소송을 걸었다고 해도, 일단 이 사람이 자신의 계정을 썼다는 걸 증명해야 한다.

그런데 그게 또 쉬운 게 아니다.

계정은 수만 개이고 댓글 부대였던 사람들은 수백 명이다.

그들이 자신의 계정을 썼다는 걸 증명하는 건 개인으로서는 불가능에 가깝다.

게다가 설사 인정한다고 해도, 그런 식으로 받아 낼 수 있는 배상금은 많지 않다.

기존의 판례를 보면 아무리 크게 잡아 봐야 한 명당 50만

원을 넘기 힘들다.

더군다나 이게 정치적인 사건이라는 점과 다른 명의 도용 사건과 다르게 실질적으로 피해가 발생하지 않았다는 점을 감안하면 30만 원 이하가 될 가능성도 충분하다.

"그래요?"

얼굴이 조금 환해지는 그를 보고 노형진은 다시 한 번 혀를 끌끌 찼다.

'실무를 모른다더니 진짜 모르네.'

그의 생각이 뭔지 알 것 같았던 것이다.

30만 원이면 자기가 갚을 수 있다고 생각하는 것이겠지.

그러니 이 정치적 싸움에서 빠지고 싶은 것이리라.

"애석하게도 당신처럼 생각할 수도 있지요. 하지만 이쪽은 집단입니다."

"집단?"

"네."

피해자 집단이 가해자 집단을 고소하는 것은 어려운 일이 아니다.

개개인이 아니므로 개개인의 사용 내역을 증명할 필요도 없다.

배상금이 30만 원이라고 할지라도, 집단으로 소송해 나눠 가지면 그만이다.

증거? 이미 이쪽은 정당을 끼고 들어가고 있다.

개인이라면 정치적 사건이라고 재판부가 정치인을 도와주려고 하겠지만, 이쪽도 정치인이 끼었으니 결국 세력은 비등할 수밖에 없다.

"결론적으로 이쪽이 많은 돈은 못 벌어도, 당신들의 인생을 파멸시키는 데에는 충분하다는 거죠."

노형진의 묵직한 한 방에 다들 입을 꾸욱 다물었다.

"법대를 다닌다고 하니 선배 변호사로서 조언을 하나 하지요. 이 소송을 할 때 돈을 한 푼이라도 더 받으려고 하는 건지, 아니면 상대방에게 엿을 먹이려고 하는 건지 잘 확인해야 합니다. 후자라면 당신 생각처럼 중요한 게 아니에요. 후자라면 상대방은 당신에게 내가 받는 돈보다 훨씬 더 많은 피해를 주는 게 목적입니다. 아마 취업해야 하는 당신들은 더 큰 타격을 입겠지요."

정치에 끼어들어서 범죄를 저지르는 바람에 전과를 달게 되었다.

거기에다 아무리 야당이라고 하지만 권력에 밉보였다.

그렇다면 취업에 대한 불이익이 아주 심할 것이다.

"특히 공직 쪽으로 나가려고 하는 사람들이라면 더더욱 피해가 클 텐데요?"

노형진이 좌중을 스윽 살피자 다들 시선을 피했다.

그리고 그중 몇몇은 심각한 얼굴이 되었다.

'그렇겠지.'

경제가 불안정한 현 상황에서 젊은 사람들의 최대의 꿈은 다름 아닌 공무원이다.

그런데 전과가 생길 판국이니 다들 얼굴이 사색이 될 수밖에.

"그러면 우리는 어떻게 해야 합니까? 시키는 대로 할 테니 재발 방법을 이야기해 주세요."

"간단합니다. 아군한테 총질해야지요."

"네?"

"이런 말이 있지요, 적의 적은 친구라고."

⚖

─저희는 아는 사람을 통해 그곳에 대해 알게 되었습니다. 인터넷에 글을 올리는 작업이라고 들어서 간단한 홍보인 줄 알았지, 불법행위라고는 생각도 하지 못했습니다. 그곳에서 저희는 위에서 지급하는 아이디를 이용해 댓글을 쓰고 특정 정당에 불리한 글을 쓰는 사람을 집중적으로 공격해 쫓아내는 역할을…….

수백 명의 사람들이 모여서 기자회견을 하자 여론은 대번에 이쪽으로 넘어왔다.

정부에서는 어떻게 해서든 막으려고 했지만 얼마 전까지만 해도 자신들을 물고 빨던 언론이 갑자기 돌변해 중립을 지킨다고 자세를 잡기 시작하는 바람에 도무지 통제가 되지 않았다.

"최재철이 힘이 빠진 걸 알 테니까."

"안다고?"

손채림은 갑자기 돌변한 언론이 이해가 가지 않았다.

얼마 전까지만 해도 현 정권을 말 그대로 물고 빨던 곳이 갑자기 중립을 지키는 척 양쪽 다 나쁘다는 양비론으로 나온 탓이다.

하나 노형진은 이미 그들이 그런 식으로 나올 거라는 걸 알고 있었다.

"언론만큼 권력의 냄새를 잘 맡는 녀석들도 없어. 그 녀석들이 최재철이 권력에서 나가떨어지고 있다는 것을 과연 모를까?"

"하긴."

수년간 정치를 따라다니면 취재하고, 그중 일부는 스스로 정치 쪽으로 나가는 곳이 언론이다.

그런데 그들이 권력의 흐름을 모를 리 없다.

"그렇다고 말을 안 듣는다고?"

"그건 아니지. 최재철이 권력을 잃은 건 개인적 문제고, 권력의 주체는 정당이니까."

"그런데?"

"문제는 이제 상황이 돌변했다는 거야."

얼마 전까지만 해도 여론이 비등했고 언론과 군과 경찰,

검찰까지 총동원된 현 정부 밀어주기가 이루어지고 있었다.

그런데 그게 뒤집힌 것이 문제였다.

여론은 현 야당 쪽으로 급격하게 기울고 있었고, 댓글 부대가 드러나면서 경찰과 검찰에 시선이 쏠렸다.

"그래도 난 이해가 안 되는군."

유찬성은 현재 벌어지는 일을 이해할 수가 없었다.

"댓글 부대가 드러난 거야 그렇다 쳐도, 왜 경찰과 검찰 조직까지 움츠러들었냐는 거야. 그들이 언론의 눈치를 보는 것도 아니고."

"두 가지 이유 때문이지요."

"두 가지 이유?"

"네. 첫 번째는, 댓글 부대원을 인터넷을 통해 모집한 게 아니라는 겁니다."

그랬다가 야당 지지자라도 들어오면 곤란하다.

당연히 자기를 지지하는 사람들의 소개를 통해 들어오게 된다.

"아! 수사를 시작하면 그들이 주요 수사 대상이 되겠군."

"네."

평범한 민간인이라면 문제가 안 된다.

하지만 그가 공무원이거나 공직에 있는 사람이라면 중립 의무 위반으로 징계를 받을 수밖에 없다.

"문제는 그 징계 절차가 시작되는 시점이 다음 선거 이후라는 겁니다. 그리고 그들도 언론과 마찬가지로 상황이 돌변했다는 걸 알 수밖에 없지요."

만일 다음 선거에서 현 야당이 권력을 잡으면 그들의 징계는 강해질 수밖에 없다.

지금이라면 감봉 정도로 끝날 수 있지만 권력이 넘어가면 그때는 해직될 수도 있는 문제인 것이다.

"우으으…… 그러니까 저들은 정권이 바뀔까 봐 두려운 거라는 소리지?"

"그렇지. 그렇게 되면 처벌이 강해질 수밖에 없으니까."

"그러면 더 결사적으로 매달려야 하는 거 아냐?"

"개개인은 그럴지도 모르지만 기업은 아니거든. 결국 자기네 멤버들이 처벌받는 것보다는 자기들의 자리를 지키는 게 더 중요해. 사실 최상위 쪽은 처벌을 그리 쉽게 받지 않으니까. 그러니 기계적 중립을 지키면서 상황을 보겠지."

"진짜 중립을 지킬까?"

"그럴 리가. 기계적 중립이라는 것은 결과적으로 한쪽을 편들어 주는 거야. 그리고 저들은 기계적 중립을 표방할 거고. 말로는 말이지."

"그럼?"

"저들을 잡아들여야지. 최소한 기계적 중립이라는 이름하에 장난은 치지 못하게 해야지."

가령 현 여당을 욕하는 걸 A 뉴스로, 야당을 욕하는 걸 B

뉴스로 내보낸 뒤, 둘 다 깠으니 중립을 지켰다고 말하는 것이다.

하지만 그건 절대로 중립이 아니다.

지금이야 조용히 있는 상황이지만 조금만 지나면 대부분의 언론은 모습을 드러내고 사람들을 물어뜯을 것이다.

"그러면 말만 중립이지 결과적으로 중립이 아니네?"

"그렇지. 하지만 내가 그렇게 둘 리 없지. 아니, 내가 아니라 유찬성 의원님이랑 현 야당이 가만둘 리 없다고 하는 게 맞겠군요."

"응?"

"현상금을 거세요. 한 30억쯤 거시면 되겠네요."

"현상금?"

"네. 철저하게 익명으로, 상관의 정치적 중립의무 위반 사항을 가지고 오면 1억쯤 준다고 하세요."

"그걸 왜…… 아!"

"네, 자기 검열입니다."

자기 검열이란 주변의 시선을 의식해 자신이 원하는 대로 하지 못하는 상태를 말한다.

이는 현 정부에서 언론과 사람들을 통제할 때 가장 많이 쓰는 방식이었다.

"우리라고 쓰지 말라는 법은 없지요."

만일 돈과 더불어서 정권이 바뀐 후에 승진을 암묵적으로 도와준다면, 부하들 중에서 과연 배신자가 나오지 않을 수 있을까?

설령 나오지 않는다 해도, 지금까지 대놓고 움직이던 자들은 두려움에 멈출 수밖에 없다.

"사실 이러한 양심선언을 통해 여론이 뒤집어질 가능성은 낮습니다. 아시죠?"

"알지."

부동층이라고 하지만 사실 선거가 시작되면 이미 누구를 찍을지 결정한 경우가 대부분이다.

말로는 아직 결정하지 못했다고 하지만 내심은 결정한 후이고, 그건 특별한 사항이 없으면 바뀌지 않는다.

그래서 학술적으로 진짜 누구를 찍을지 결정하지 않은 부동층은 20% 미만이다.

"그들의 마음은 양심선언한다고 해서 바뀌지 않습니다. 20% 이하의 부동층에게는 영향을 주지만요."

"그것도 적은 건 아니잖아?"

"적은 건 아니지. 하지만 이걸 알아야 해. 기본적으로 선거는 총력전이야. 내가 노리는 건 부동층이 아니야. 그걸 끌어들일 수 있는 세력이지."

각 지역의 조직 위원들이 온 지역을 다니면서 운동하는 게 선거의 기본이다.

그리고 댓글 부대에 속했던 사람들은 그들의 추천을 받고 들어간 경우가 대부분이고.

"지역 조직이 붕괴되겠군."

선거 경험이 풍부한 유찬성은 노형진이 노리는 바가 뭔지 바로 알아차렸다.

"정확합니다."

노형진이 노린 것은 애초부터 그거였다.

사람들의 마음을 돌리는 것도 많은 영향을 주겠지만, 지역 조직을 운영하는 자들이 모조리 경찰과 야당과 기자들에게 쫓기기 시작하면 지역 정당의 선거 지원 시스템은 사실상 무용지물이 된다.

"유 의원님은 아실 겁니다. 사실 선거에서 제일 중요한 건 선거사무소지만, 그걸 지원하는 사설 단체들이 없으면 혼자서는 아무것도 하지 못한다는 걸요."

"그렇지."

현행법상 선거는 정해진 금액 안에서만 치러야 한다.

그래서 선거사무소의 공식 행사에는 선거관리위원회의 직원이 따라다닌다.

하지만 실질적으로 그곳은 인원이 많지도 않을뿐더러 사람들을 동원하는 데에도 한계가 있다.

그래서 소위 말하는 관변 단체들이 선거법을 위반하면서 몰래몰래 도와주는 경우가 많다.

그 대신 정권이 유지되면 지원을 받고.

"하지만 그렇게 소개받아서 온 사람들이 입을 열었으니……."

"그동안 숨겨진 관변 단체들이 드러나겠군."

유명한 관변 단체들이야 많다.

어르신연합이니 대한민국아줌마연합이니 하는 곳들 말이다.

하지만 지역별로 특정 정당과 결탁해 뒤에서 밀어주는 곳들은 상대방도 찾는 데에 한계가 있다.

"그런 곳들은 한 명만 털어 내면 알아서 붕괴되는 성향이 강하지요."

"그렇지."

세력이 작은 만큼 이권도 작고 그 작은 이권에 목매지도 않는다.

그래서 핵심 인물 두어 명만 처벌하면 그들은 처벌을 피하기 위해 흩어진다.

"그리고 그 두어 명은 댓글 부대를 소개시켜 준 누구일 테고?"

"그래."

손채림은 노형진의 치밀한 계획에 혀를 내둘렀다.

자신은 그저 노형진이 여론을 바꿔 볼까 하는 생각으로 움직인 줄 알았는데, 애초에 여론은 부가적인 수익이었을 뿐이고 진짜 목적은 지역 선거 지원 단체의 붕괴였다니.

"우리가 자네를 얻은 게 참으로 하늘이 내려준 복이군."

"그러면 정치나 좀 잘하세요, 제가 안 나서도 되게."

"하하하."

흡족한 표정이 되는 유찬성.

완전히 자신의 사람은 아니라고 하지만, 그래도 자신들이 절대적으로 유리한 상황이 되도록 도와준 것이 참으로 고마웠다.

"자네가 이렇게까지 도와줬으니 우리도 최재철의 죄를 캐는 데 최선을 다하겠네."

"일단은 일이 끝난 후에요."

"일이 끝난 후? 설마 아직 안 끝났단 말인가?"

"아직 안 끝났습니다."

"뭘 더 어떻게 하려고?"

"선거를 확실하게 이기려면 마무리는 잘 지어야지요."

그리고 그 마무리는 아마도 최재철의 숨통을 끊을 것이 분명했다.

"뭐라고요?"

선거에서 가장 필요한 것은 무엇일까?

지지도?

아니면 훌륭한 정치인?

사실 선거에서 제일 필요한 것은 돈이다.

돈이 있어야 뭐든 할 수 있다.

전단지를 뿌리고 이름을 알리고 차량을 빌리는 등, 모든 일에 돈이 있어야 한다.

법적으로 대통령 선거의 인정 금액은 500억이지만, 지금까지 단 한 번도 그 돈만으로 치러진 적이 없을 만큼 돈이 어마어마하게 든다.

그리고 그 돈에는 치명적인 약점이 있었다.

"압류?"

선거에 들어가기 직전, 정당의 계좌가 압류당했다.

이유는 개인 정보 보호법 위반에 대한 손해배상.

댓글 알바를 했던 사람들의 양심선언을 기반으로 그 개인 정보를 침해당한 사람들이 현 여당에 손해배상을 청구한 것이다.

"이런 미친 새끼들! 지금 뭐 하자는 거야!"

안 그래도 당에 밉보여서 잔뜩 쫄아든 최재철이었는데 생각지 못한 방식의 공격에 당황했다.

"당의 계좌가 모조리 묶였단 말이야?"

"네, 그렇습니다. 이놈들이 우리 쪽 계좌를 모조리 묶어놨답니다. 손해배상을 요구하면서 압류를 걸었어요."

"당장 풀라고 해!"

"법원에서는 법적으로 풀려면 시간이 필요하다고……."

당장 선거를 준비하려면 지금부터 시작해야 한다.

그런데 돈이 없으면 당연히 선거 준비는 꿈도 꾸지 못한다.

그리고 그 원인은 자신.

"누구야! 누가 이런 짓을 하는 거냐고!"

"법무 법인 새론이라는 곳인데……."

"새론?"

"네."

새론이라는 말에 최재철의 머릿속을 뭔가 스치고 지나갔다.

자신을 한 방씩 먹였던 그 모든 사건들.

그 사건들의 뒤에서 언제나 새론의 그림자가 보였다.

직접적으로 관련된 경우는 적어서 그저 거슬리는 정도였지만, 그 그림자는 꾸준하게 보여 왔다. 오늘까지는 말이다.

그런데 오늘은 대놓고 공격이 들어왔다.

더 이상 자신의 눈치를 보지 않겠다는 뜻이다.

"이런 개새끼들!"

지금까지 자신이 당한 배후에 누가 있는지 직감한 그는 길길이 날뛰었다.

"회의에 전부 불러! 그 새론이라는 놈을 죽여 버리겠어!"

"위원장님! 그게 중요한 게 아닙니다!"

"중요한 게 그게 아니면 뭐야! 그 새끼들을 날려 버리면 모든 게 다 해결된다고!"

"그게 아닙니다! 우리는 제대로 당했습니다!"

"우리가 당하기는 뭘 당해! 새론 같은 쪼끄만 새끼들 하나 못 없앤다 이거야!"

"그게 아니라 변호사들 말로는……."

부하는 다급하게 자신이 들은 말을 전했다.

그러자 최재철은 털썩 주저앉았다.

벗어날 수가 없는 그런 함정에 빠졌다는 사실이, 그의 삶의 의욕을 모조리 빼앗아 갔던 것이다.

⚖️

"선거 자금을 쓰지 못할 거야."

노형진은 소장을 접수하고 나서 손채림에게 설명해 줬다.

"그거야 어렵지 않잖아?"

"아주아주 어렵지. 내가 금액을 쪼개서 계좌를 다 묶어 놨으니까."

"난 이해가 가지 않는데?"

"간단해. 내가 요구한 것은 한 사람당 300만 원의 배상금이야."

"너무 많은 거 아냐? 정상적인 과정이라면 50만도 힘들다면서?"

"그렇지. 하지만 얼마를 부르건 그건 우리 마음이니까."

피해자 수만 명이 배상금으로 300만 원씩 요구했고, 그 피해액은 어마어마해졌다.

노형진은 그동안 쌓인 증거를 기반으로 정당을 고소했고 그 고소를 기반으로 계좌를 압류했다.

"문제는 여기서부터 발생하지."

자신이 요구한 금액을 정당에서는 줄 수가 없다.

주면 거덜 나니까.

그리고 자신이 생각해도 현행법상의 배상금보다 터무니없이 많으니까.

"그러면 어떻게 하겠어?"

"소송으로 풀려고 하겠지."

"그래. 문제는 말이야, 이 돈은 사라질 돈이라는 거야."

선거에 써야 하는 자금이자 시간이 지나면 사라지는 게 확실한 돈이다.

그런 돈이라면 법원에서 풀어 줄 수가 없다.

가압류의 목적이 뭔가?

재화를 보전해 배상할 수 있는 능력을 유지시키는 것이 아닌가?

그런데 풀어 주면 선거 자금으로 사라질 수밖에 없는 돈을 풀어 줄 수는 없다.

"돈을 주는 건?"

"줄 수는 없을걸. 한두 푼도 아니고."

수백억에 달하는 돈을 주고 나면 선거를 치를 돈이 없게 된다.

"하지만 그 애들, 비자금이 있잖아? 그것도 제법 될 텐데."

노형진은 실실 웃었다.

"비자금이라는 건 말 그대로 비밀 자금이야. 그걸 집행하기 위해서는 소위 말하는 물타기를 해야 해."

"물타기?"

"그래. 진짜 써야 하는 돈에 섞어 버리는 거지."

선관위에 어디다가 10억을 쓴다고 신고하고는 12억 정도 써 버리는 것이 일반적인 방법이다. 선관위에서 사람을 보내도, 어차피 자기네 사람들이니 문제가 안 된다.

"하지만 이런 경우는 이야기가 애매해져 버리지."

물타기를 하려면 기본적으로 쓸 수 있는 돈이 필요하다.

그런데 땡전 한 푼 쓸 수 없는 상황인데 비자금을 당겨다가 써 버리면 '우리는 비자금이 많습니다.'라고 인정하는 꼴이 되어 버린다.

"잠깐만…… 그러면 저쪽은 돈을 전혀 못 쓴다는……."

"빙고."

이제 선거 모드로 들어가면서 돈을 어마어마하게 뿌려야 하는 상황이다.

그런데 전혀 돈을 쓰지 못한다.

드러난 금액은 당연히 쓰지 못하고, 숨겨 놓은 금액은 물타기를 하지 못하니 쓰지 못한다.

"물론 언젠가는 풀 수 있겠지. 하지만 그때쯤이면 이쪽은 선거 준비가 끝났을 거야. 시간적으로 엄청나게 유리해지는 거지."

가장 빠르게 푸는 방법은 이쪽과 합의해 돈을 주는 것이다.

문제는 그러기 위해서는 자신들이 요구하는 금액에 상응

하는 돈을 줘야 한다는 건데, 그렇게 되면 그들의 정치자금
이 확 줄어들 수밖에 없다.

"그 후에는 풀린다고 해도 상당히 조심스럽지."

물타기의 기본 방식은 많은 물에 적은 물을 타는 것이다.

즉, 10억짜리 예산에 슬쩍 2억을 넣어 버리는 식으로.

하지만 합의해서 배상금을 주고 나면 당연히 예산은 급감
한다. 그걸 해결하기 위해서는 어쩔 수 없이 비자금을 풀어
야 하는데, 그러면 자신들의 예산보다 많이 풀리는 게 드러
나기 쉬워질 수밖에 없다.

"만일 선거가 끝난 후에 정권이 넘어가면 아마 대대적으로
관련 조사가 진행되겠지."

그리고 그 관련자들은 줄줄이 잡혀갈 테고 말이다.

"어느 쪽이든 상관없어. 무조건 우리에게 유리할 수밖에
없는 상황이야."

"그리고 최재철은 지옥의 한가운데로 던져진 상황이고."

노형진은 고개를 끄덕거렸다.

"남은 건 그놈의 그 추악한 면상을 벗겨 내는 것뿐이지."

노형진은 주먹을 꽈악 쥐면서 말했다.

"이제 피날레야."

노형진은 문득 자신의 가슴을 파고들던 차가운 칼의 느낌
이 생각났다.

"그리고 복수지, 후후후."

높은 곳에서 떨어지면 더 아프다

여당은 난리가 났다.

갑자기 돈이 묶여 버리는 초유의 사태가 벌어졌기 때문이다.

당장 풀기 위해 소송을 걸었지만, 1심과 2심, 3심을 거치면 도대체 어느 정도까지 갈지 감이 잡히질 않았다.

"2심까지는 어쩔 수 없이 가야 할 듯합니다."

"아니, 그러면 못해도 세 달은 묶인다는 거 아닙니까!"

"그게……."

3심이야 어떻게 권력을 써서 기각시킨다고 해도 2심까지는 가야 한다.

"만일 3심까지 가게 되면 더 길어질 수도 있습니다."

"뭐요?"

"정보에 따르면 야당 쪽에서 상대방에 도움을 주려고 정치적 압력을 행사한다고……."

"지금 장난해요!"

"장난이 아닙니다. 상황이 전과 다릅니다."

전이라면 자신들이 죽으라면 정말로 죽는시늉을 했을 것이다.

하지만 지금은 그런 상황이 아니다.

당의 지지율은 바닥을 기고, 악재는 계속 터진다.

실종된 사람은 아무리 찾아도 보이지 않고, 손해배상으로 돈은 묶이고, 각 지역에 만들어 둔 지원 시스템은 관련자들이 줄줄이 잡혀가고 조사에 들어가고 있어서 붕괴 직전이다.

"크윽……."

몰래 만들어 둔 지역 시스템은 선거에서 아주 중요하다.

선거관리위원회에서 감시하니 비자금을 쓰는 게 힘들기 때문이다.

물론 어느 정도는 봐주겠지만, 상대방도 혹시나 추가 비용을 쓸 것에 대비해 이쪽이 쓰는 걸 대략이나마 계산하고 있기 때문에 과하게 쓸 수는 없다.

결국 비자금을 이용한 선거 준비는 지역에 만들어 둔 지역 지원 시스템을 통해 해야 하는데…….

"모조리 발각되었습니다."

물론 당사자들은 딱 잡아떼고 있지만 원래 조직이라는 것이 한 명 잡고 털기 시작하면 다 줄줄이 나오는 법이다.

그런데 야당은 이번 기회를 놓치지 않겠다고 악착같이 털어 내고 있어서 비선 조직이 줄줄이 걸려 들고 있는 상황.

"그러면 어쩌자는 겁니까! 네? 선거가 코앞이에요! 코앞!"

"……."

"돈도 못 쓰고 비자금을 쓸 통로도 없다? 지지율은 개판이고?"

"이게 다…… 최재철 그 녀석 때문입니다."

"으음."

멍청하게 지하조직인 댓글 부대를 걸린 것만으로도 모자라서 대낮에 사람들 앞에서 기자들을 구타하고 카메라를 빼앗았다.

거기에다 야당 당직자 하나는 죽었는지 살았는지 실종 상태.

"지금 국민들이 우리보고 뭐라고 하는지 아세요? 인질범이랍니다, 인질범!"

"그것까지는……."

"그러면 애초에 투항을 시켰어야지요!"

투항한 직원들은 나가고 싶었지만 나가지 못하게 당에서 막았다고 진술했다.

그게 사실이기도 하지만, 죄를 줄이고 싶었기 때문이다.

당연히 그로 인해 감금으로 고발당했을 뿐만 아니라 이제는 하다 하다 인질극까지 벌이냐면서, 기존에 있던 부패 조직에서 범죄자 조직으로 아예 이미지가 바뀌어 버렸다.

"당분간은 방법이 없습니다. 아직 시간이 있으니 일단 대북 공세를 더 강화하고 종북 프레임을 뒤집어씌우는 수밖에는······."

"끄응."

언제나 그렇지만 이번 선거는 어쩔 수 없이 북한에 기대어 치러야 한다는 사실에 당직자들은 한숨만 나왔다.

"그 전에, 어찌 되었건 최재철은 처리하고 가야 합니다."

누군가가 다시 최재철을 언급하자 다들 얼굴이 와락 찡그러졌다.

"그 녀석, 전부터 설레발을 치더니."

"그러게 말입니다."

"그래도 자기 일은 잘하던 놈이었는데."

하지만 과거에 일을 잘했다고 모든 게 해결되는 건 아니다.

지금은 그가 저지른 일 때문에 당과 정부가 무너져 가는 상황.

"퇴출시킬 수 있을까요?"

"그게 문제이기는 하군. 그 녀석이 호락호락 물러날 녀석은 아닌데."

물러나라고 한다고 그가 조용히 물러날까?

그럴 리 없다.

권력에 대한 그의 욕심은 어마어마하다. 절대로 혼자 죽을 놈이 아니다.

"조용히 처리가 가능할까?"

"힘듭니다. 어찌 되었건 그는 우리를 위해 여러 가지 일을 했으니까요."

"으음."

당장 쫓아내고 싶지만 그가 처리한 비자금이 얼마며 그가 처리한 정치적 위험이 얼마인지 생각한 당직자들은 침묵을 지켰다.

물론 그저 그런 놈들이라면 알고 있는 걸 까발려 봐야 문제가 될 게 없지만, 최재철이라면 까발리는 순간 당의 존립 자체가 위험할 수도 있었다.

"가능하면 최대한 챙겨 주고 정계에서 은퇴시키는 게 최선인 듯합니다."

"정계 은퇴? 그놈 때문에 지금 우리가 얼마나 곤란한 처지인 줄 알아?"

당연히 이길 거라 생각했는데, 어느 틈엔가 지지율이 역전되어 버렸다.

그런데 선거까지 얼마 남지 않았으니 아무리 지지율을 과거처럼 되돌리려고 해도 한계가 있을 수밖에 없다.

"하지만 처리할 수도 없지 않습니까? 아시지 않습니까, 그 녀석이 어떤 녀석인지?"

"그렇지."

최재철은 능력은 있지만 누구도 믿지 않는 사람이다.

그런 그가 함께 일했다고, 자신들을 믿을까?

그런 놈이 결코 아니다.

그러니 처리하면 좋겠지만, 그들이 아는 최재철이라면 만일 자신이 우연히 죽게 된다면 감춰 둔 정보가 언론이나 야당 쪽에 갈 수 있게 해 놨을 가능성이 높다.

"큭…… 더럽군."

당직자들은 짜증이 났지만 할 말이 없었다.

"그나마 다행인 것은 대부분의 국민들은 방통위원장이 얼마나 핵심 보직인지 모른다는 겁니다. 적당히 사과하고 처리했다고 하면 다들 이해하는 걸로 끝날 겁니다."

"그렇게 하게. 한편으로는 알고 있지?"

"알고 있습니다."

지금이야 그가 가진 증거가 있어서 건드리지 못하지만 천천히 퇴출시키기 위한 수순을 밟으라는 뜻이었다.

"이제 그놈 때문에 당에 피해가 오면 안 된다."

그들은 그렇게 생각했다, 더 이상 당에 피해가 올 일은 없을 거라고.

하지만 노형진이 노리고 있는 것은 피해 정도가 아니었다.

⚖

노형진은 신문과 뉴스를 뒤적거리다가 고개를 흔들었다.

어느 순간 언론에서는 최재철이라는 이름이 싹그리 사라

졌다. 당연히 그가 저지른 범죄도 말이다.

"역시 보호를 선택하는군."

"헐, 그 정도 사고를 쳤는데?"

"선거 기간이니까. 건드리면 분명히 최재철이 가지고 있는 뭔가를 터트릴 테니까. 안 그래도 악재가 가득한데 거기에다 뭐가 또 터져 봐. 그러면 답이 없는 거야. 그래서 최재철의 눈치를 보는 거지."

"와, 진짜 더럽네."

"원래 그런 거야."

노형진은 고개를 절레절레 흔들었다.

애초에 예상했던 일이다.

최재철쯤 되는 사람이면 알고 있는 것도 많을 수밖에 없고, 또 그로 인한 정치적 부담도 어마어마할 수밖에 없다.

당연히 그가 배신하면 치명적이다 못해 당이 뿌리부터 흔들릴 것이다.

"당장 무너진 팔각수도 최재철의 소개로 정치자금을 세탁하는 창구였을 가능성이 높잖아."

"하긴. 네가 그랬지, 팔각수 정도 되는 기업은 아무리 백을 쓴다고 해도 그렇게 국가 단위 공사를 받을 수 없다고."

"그래."

그런데 팔각수는 작은 기업임에도 불구하고 터무니없이 큰 공사를 맡곤 했다.

물론 국가에서 공사를 할 때는 공정한 사업을 하기 위해 중소기업을 이용하는 경우도 적지 않다.

동네의 하수도 공사까지 모조리 대기업에게 맡길 수는 없으니까.

하지만 그런 점을 감안한다고 해도, 팔각수가 담당했던 공사들은 그들이 절대 커버할 수 없는 규모였다.

"그리고 그건 대부분 대출로 커버되고 말이지."

공사 현장에서는 현금이 많이 돈다. 더군다나 대출이 끼기 시작하면 더더욱 문제가 많다.

특히나 투자를 한다는 식으로 들어가면, 자금 세탁을 하기에 아주 좋은 기업 중 하나가 된다.

"그러면 어떻게 해? 다시 최재철을 그 자리에서 지켜 주는 거야?"

"그러지는 않을 거야."

일단 지금은 선거가 얼마 안 남았으니 지지율이 더 떨어지는 것을 막기 위해 그를 축출하는 짓은 하지 않을 것이다.

하지만 선거가 끝나면 그를 축출하는 것은 당연한 절차다.

"그때는 최재철이 까발려 봐야 의미가 없으니까."

선거는 끝났고, 까발린다고 해도 다음 선거까지는 시간이 있으니까.

그리고 그사이에 적당히 사고가 날 수도 있는 노릇이고.

"그럼 그냥 기다리고 있으면 최재철은 자동으로 몰락하는 건가?"

"그렇기는 하지만 우리가 노리는 건 그게 아니잖아."

"그건 그래."

단순히 최재철의 몰락만 바라고 시작한 일이 아니다.

이번 선거에서 현 여당이 이기지 못하게 하는 것이 바로 핵심이다.

최재철도 문제이기는 하지만, 현 여당 자체도 심각한 문제를 가지고 있으니까.

아니, 앞으로 가질 수밖에 없다는 걸 노형진은 알고 있으니까.

"그러면 어쩌지? 가서 퇴출시키라고 할 수도 없고."

"최재철을 건드려 볼 거야, 이번에는 직접적으로."

"뭐?"

손채림은 깜짝 놀랐다.

그랬다가 무슨 일이 벌어질지 알고 있느냐는 표정이었다.

"아무리 그래도 죽은 권력은 아니라고."

죽어 가는 권력일 뿐이다.

그리고 정치계에는 이런 격언이 있다.

죽어 가는 권력은, 흥하는 건 못 해도 망하는 건 할 수 있다고.

"알아. 하지만 지금이 기회야. 지금 최재철은 아마 제정신이 아닐 테니까."

"그거야 그런데……."

그가 바보가 아닌 이상 정치적으로 자신의 생명이 끝났다는 것을 모르지는 않을 것이다.

그러니 한편으로는 허망하고, 한편으로는 분노하겠지.

"그걸 이용하자는 거야."

"그걸 이용하자고?"

"그래, 그냥 최재철이 물러나는 것으로 끝난다면 그 사건으로 죽은 사람들과 피해를 입은 사람들에 대한 복수는 하지 못하는 거니까."

"으음……."

"그리고 이런 말이 있잖아, 부자는 망해도 3년은 간다. 최재철이 힘을 잃어버리고 정치에서 손을 뗀다고 해도 그가 가난하게 평생을 고생하면서 박스나 주우며 살 것 같아?"

손채림은 씁쓸하게 웃을 수밖에 없었다.

아마도 지금쯤 그는 어지간한 부자들을 능가하는 재산을 쌓아 두고 있을 가능성이 높다.

아니, 확실하다.

"그런 말이 있지. 모든 독재자들의 꿈은 재벌이다."

자본주의가 판치는 이 세계에서 왕도, 독재자도, 정치인도 궁극적으로 가지는 힘의 원천은 돈이다.

그러니 부패한 정치인인 최재철이 돈이 없을 가능성은 0%라고 봐도 무방하다.

"어쩌면 그는 정치에 꿈을 접고 재벌로 떵떵거리면서 살수도 있겠지. 다음 선거에서 현 여당이 이기면 어떻게 해서든 그를 보호하려고 할 테니까."

"끄응."

결국 그를 무너트리기 위해서는 현 여당이 선거에서 지도록 만들어야 한다는 것이다.

"그러면 어떻게 하려고?"

"정치인들이 생각하는 것과 같은 것."

"응?"

"배신이지."

⚖

"월당동 화재 사건을 터트리겠다 이건가?"

"네."

"그게 가능하다고 생각하는 건가?"

송정한은 침을 꿀꺽 삼켰다.

지금의 최재철을 만들어 낸 사건.

그리고 새론이 최재철의 본성을 알게 된 사건이자, 척지고 축출하기 위해 뒤에서 암약하게 된 사건.

그 사건을 드디어 터트리자는 말에 다들 아연실색했다.

"그거 터지면 무슨 일이 벌어질지 아나?"

"알지요. 최재철이라면 우리를 살려 두지 않을 겁니다."

"그걸 알면서도 그러자는 건가?"

"아니까 그러는 겁니다. 우리에게는 월당동 사건에 대한 증거가 없으니까요."

"으음……."

확실히 월당동 사건에 대한 증거는 가진 것이 없다.

의심이나 정황상의 증거는 있지만 그 당시에 월당동 사건을 실행한 것은 이미 사라진 팔각수였고, 그걸 묵인한 것은 최재철이었다.

"묵인이라는 건 증거로 남기기가 참 애매한 거거든요."

"그건 그렇지."

지금 자신들이 가진 걸 털어 봐야 사람들의 분노는 이제는 무너지고 있는 팔각수로 향할 뿐이다.

묵인이라는 애매한 정황은 언론에서 써 주지 않을 것이다.

"어찌 되었건 그는 아직 방통위원장입니다. 묵인이라는 부분은, 우리가 공표해 봐야 언론에서 이야기하지 않을 거예요."

"그러면 어쩌자는 건가? 공표해 봐야 의미가 없는 걸 알면서?"

"공표해 봐야 효과는 없겠지요. 하지만 돈을 뜯어내려고 한다면 이야기가 달라지겠지요."

"돈을 뜯어낸다고?"

"네. 최재철이 관련되었다는 증거를 가지고 있다는 식으로 이야기하는 겁니다."

"……."

다들 노형진의 계획이 뭔지 알아차렸다.

소위 말하는 공갈이다.

물론 지금까지 사건을 진행하면서 가끔 그런 방법을 쓰기는 했다.

하지만 이번만큼은 너무나 위험했다.

"상대방은 정부나 마찬가지야."

"현 상황에서는 정권이지요."

"알면서 그러나?"

"아니까 이러는 겁니다. 팔각수 회장의 사망 사건 기억하십니까?"

"……."

다들 입을 다물었다.

팔각수 회장의 사망 사건. 그걸 왜 모르겠는가.

시중에는 사고사로 알려져 있지만 사실 사고사가 아니다.

국정원이 끼어든 암살 사건이었고, 그 증거를 새론이 찍어서 쥐고 있으니까.

"한 번 했는데 두 번은 못 하겠습니까?"

"설마."

"누군가 그걸 가지고 협박한다면 현 여당과 최재철은 어떻게 반응할까요?"

"……."

한 번 죽였는데 두 번 죽이지 못하겠는가?

"더군다나 지금같이 예민한 때에는 더더욱 그러겠지요."

"국정원이라……."

"현 정부가 국정원을 통해 국민을 암살하려고 한다, 그것처럼 범죄를 인정하는 확실한 증거가 있을까요?"

"……."

노형진의 말에 다들 침묵을 지켰다.

위험한 말이기 때문이다.

물론 언젠가는 해야 하는 일이기는 하다. 다들 언젠가 그 '때'가 올 거라 생각했고.

하지만 생각보다 더 빨리 온 것이 사실이다.

"하지만 그 후에는 우리는 정부와 현 여당에게 찍힐 걸세. 아무리 권력을 잃어버린다고 해도 그들은 정치인이야. 우리를 말려 죽일 정도의 능력은 있어."

김성식도 우려 섞인 말투로 말했다.

다른 사람도 그렇지만 특히나 정치인은 원한을 절대로 잊지 않는다.

원한을 가지고 사람을 말려 죽이는 것이 결코 최재철 혼자만의 생각은 아닌 것이다.

"세상 어디에나 잔당이 있는 법이지요."

"잔당?"

"간단하게 생각해 보세요. 최재철은 용도가 다했습니다. 사실 도리어 골칫덩어리지요. 그런데 정부는 언론을 통제하면서 최재철을 보호하고 있습니다. 물론 자신들에게 유리한 상황을 만들려고 하는 것도 있겠지만 단순히 그것만이 목적일까요?"

"그가 가진 정보군."

"네."

최재철이 가진 정보. 그걸 두려워하는 것이다.

"그런데?"

"최재철이 생각한 걸 팔각수가 모를까요? 생각해 보세요. 팔각수 회장이 사라졌을 당시, 팔각수의 주요 임원들이 대량으로 자살하거나 사고로 죽거나 실종되었습니다. 왜 그랬을까요?"

"아하!"

바로 그곳에서 남겨 둔 다른 정보를 그들이 가지고 있을까 봐서였다.

그들이 그걸 가지고 있다면, 까딱 잘못하면 그들에게 끌려갈 테니까.

"살해에 대비해 이중 삼중 안전장치를 하는 것은 흔한 일이지요. 아마 최재철도 그걸 해 놨을 겁니다. 현 여당은 그걸 알고 있을 테고요."

"그러니 그들인 척하자?"

"네."

정치집단이라는 곳에 자신들을 드러내고 적대하는 것은 절대로 현명한 짓이 아니다.

설사 최재철의 처리가 목적이라고 해도, 과연 정치집단이 그 보복을 하지 않을까?

더군다나 이번처럼 그로 인해 대선에서 지게 생겼는데?

"우리를 망하게 하지 않는다면 그게 더 이상한 거지요."

"하지만 팔각수라면 이야기가 달라지지."

이미 망해 가는 곳이고 더 이상 회생의 가능성도 없다.

정부에서도 말려 죽이려고 덤비는 중이고.

"충분한 이유를 가지고 있고, 그만한 힘을 가지고 있으며, 또 애초에 폭력 조직에서 시작된 만큼 그다지 질이 좋지도 않지요. 거기에다가 회장과 임원이 누구에게 죽었는지 모르지는 않을 테니까."

"보복이다 이거군."

"네."

"음."

그러면 새론은 끝까지 드러나지 않게 될 것이다.

"하지만 너무 뻔하게 보이지 않겠는가?"

"뻔하게 보이지 않을 겁니다, 후후후. 우리의 피날레를 도와줄 사람이 있으니까요."

"뭐라고요?"

최재철은 정신이 아득해지는 기분이 들었다.

당에서 급하게 부르기에 허겁지겁 달려왔더니 생각지도 못한 소식을 들었기 때문이다.

"야당 놈들이 급하게 돈을 구한다고 하더군요. 무려 100억 이나요."

"100억이면 절대 적은 게 아닌데."

"도대체 뭐 때문에 그 돈을 구하고 있다는 겁니까?"

은행에서 대출을 알아보고 사방에서 돈을 빌리려고 이리 저리 뛰어다니고 있다는 소식은 여당 측에 들어가기에 충분 했다.

사실 한두 푼도 아니고 무려 100억을 빌리러 다니는데 모 르면 그게 이상한 거다.

"도대체 무슨 일인데요? 선거 자금입니까?"

"그럴 리가요. 지금 야당은 선거 자금이 많이 모였습니다. 급하게 100억씩 빌릴 이유가 없어요. 심지어 당사를 담보로 빌리자는 이야기까지 나오고 있답니다."

"도대체 왜……?"

정당이 당사를 담보로 돈을 빌릴 정도면 상당히 큰 일이라 는 소리다.

"그게, 내부에 있는 소식통의 이야기인데……."

말을 하던 당직자는 목소리를 낮췄다.

그리고 그 뒷말을 들은 최재철은 등골이 오싹해지는 것을 느꼈다.

"팔각수의 잔당 놈이 중요한 증거를 줄 테니 100억을 달라고 했답니다."

"팔각수?"

"네."

"큭."

다들 당혹감을 감추지 못했다.

그곳은 얼마 전까지만 해도 자신들의 자금 세탁을 담당하던 곳 중 하나가 아닌가?

"설마! 확실한 겁니까? 도대체 어떤 놈이기에 그런 증거를 가지고 있다는 겁니까? 그때 정리되지 않았나요?"

"구정만이라고 하더군요. 그때 정리된 줄 알았지요. 하지만 캐나다 지사는 생각도 하지 못했습니다."

"캐나다 지사?"

"네."

"이런."

건설 업체가 미국으로 진출할 일은 거의 없다.

그럼에도 불구하고 캐나다 지사가 있는 이유는, 몇몇 건축 자재는 캐나다에서 수입해야 하기 때문이다.

"그거 완전히 한직 아닙니까?"

당연히 주요 보직은 아니다. 물건을 사서 보내는 일만 하니까.

그런데 그런 곳이 문제가 되다니?

"아무래도 파워 게임에 밀려서 쫓겨 간 임원이 있었던 모양입니다."

다들 얼굴이 사색이 되었다.

대부분 기업을 운영해 봐서 안다. 그런 일은 비일비재하다.

원래는 중심 임원이었지만 다른 라이벌에게 밀리는 것이다.

"그러면……."

"우리 쪽에 대해 알고 있을 가능성이 높습니다. 조사해 보니 원래 본사 임원이었습니다. 하지만 3년 전에 파워 게임에서 밀려서 캐나다로 발령받았더군요."

"으윽."

다들 당황했다.

그렇다면 그동안 해 온 일을 모조리 알고 있을 가능성이 높다.

심지어는 관련 증거가 어디에 있는지조차 말이다.

"그러게 제대로 일을 처리하라니까!"

대표는 쾅쾅 소리를 내면서 탁자를 두들겼다.

하지만 이미 상황이 틀어졌다.

"아무래도 그 증거를 야당에 넘기고 돈을 받아 도주하려는 모양입니다."

"으음……."

당연한 생각이다.

회장부터 시작해 임원들이 모조리 비명에 죽었는데 한국에 들어와서 내게 증거가 있으니 돈을 내놓으라는 소리는 하지 못할 것이다.

하지만 망해 가는 회사에서 가만있을 수도 없다.

더군다나 파워 게임에서 밀려서 한직으로 쫓겨 간 셈이니 돈이 많을 리도 없고.

"망할! 이대로 당하고만 있어야 합니까? 우리가 돈을 더 준다고 하면 안 됩니까?"

"그랬다가는 나중에 다시 돈을 요구할지도 모릅니다."

"으으……."

지금 이 순간만 넘긴 후에 자신들이 돌변할 것도 감안하고 있을 가능성이 높고 말이다.

"일단은……."

혹시나 자기 자금 세탁 기록이 야당으로 넘어갈까 봐 발등에 불이 떨어진 상황에서, 최재철은 다른 의미로 머리가 복잡했다.

'그 녀석이라면…….'

기억이 맞는다면 구정만은 팔각수가 폭력 조직일 때부터 속해 있던 자였다. 그리고 행동대장이었다.

머리가 좋지 못해 기업의 파워 게임에서 밀려서 캐나다의 지점장으로 갔지만.

'젠장.'

확실한 건, 구정만은 자신이 월당동 사건을 일으킬 당시에 그 사건의 진실을 알고 있던 몇 안 되는 녀석 중 한 명이라는 것이다.

'어쩌면…….'

아니, 그게 확실할 것이다.

아무리 자금 세탁이 문제라고 하지만 100억씩이나 줄 정보는 아니다.

대부분의 사람들이 정치인들이라면 그 정도는 할 거라고 생각하니까.

'하지만…….'

만일 자신의 추문에 대해 안다면?

그리고 그 진실을 알아낸다면?

자신은 끝이다.

그것도 단순히 끝이 아니다. 사형을 피하지 못할 가능성이 높다.

영원히 세상으로 나오지 못하는 것이다.

"최 위원장! 무슨 생각을 그렇게 해요! 지금 그렇게 정신을 놓을 상황입니까?"

"네?"

"당신이 소개한 곳이니 어떻게 처리할 거냐고 묻지 않습니까, 지금!"

"아…… 네네."

순간 최재철의 머릿속에 수많은 생각이 스치고 지나갔다.

하지만 지금 명확한 것은 최악의 상황에 빠진 자신뿐이었다.

"이 사태를 어떻게 처리하자는 겁니까!"

"그게……."

사람들은 갑론을박하면서 싸우는 와중이었다.

그런데 갑자기 한 명이 전화를 슬쩍 확인하더니 고개를 갸웃했다.

"혹시 달동네와 관련된 사건에 대해 아시는 분?"

"달동네요?"

"달동네는 왜요?"

"아니, 그쪽에서 준다고 한 증거 목록에 달동네와 관련된 증거가 포함되어 있답니다."

"증거 목록?"

"네. 그쪽에서 자기가 제공할 수 있는 증거에 대한 목록을 건네줬답니다. 그런데 달동네가 있다는데……."

"다른 건요?"

"다른 건 다 우리 예상 내입니다만."

"그런데 달동네라니?"

전혀 엉뚱한 말이 나오자 순간 당황하는 당직자들.

그들은 어리둥절한 표정이 되어 서로에게 물었지만 '달동네'가 무슨 뜻인지 아는 사람은 없었다.

오직 한 명, 최재철만이 얼굴이 사색이 되었다.

"지…… 지금 달동네라고 하셨습니까?"

"최 위원장? 아는 게 있습니까?"

모두의 시선이 쏠리자 최재철은 순간 고민했다.

이걸 사실대로 말할 것인가, 말 것인가?

'아니야……. 이건 영원히 묻어 둬야 하는 거야.'

지난번에 팔각수의 회장도 뇌물과 자금 세탁 건으로 죽인 거지 달동네 건으로 죽인 게 아니다.

그러니 다른 사람들은 모를 수밖에 없다.

더군다나 달동네 건은 지금까지의 일과는 파괴력부터가 다르다.

뇌물 수수와 비자금 같은 것은 정치인이라면 누구나 하는 짓이고, 그 정도는 국민들 중 일부는 모른 척해 준다.

특히나 자기들을 지지하는 사람들은 이런 건 정치적으로 당연한 거라고 생각하니 지지율이 떨어질 걱정은 없다.

하지만 달동네 일은 전혀 다른 문제다.

사망자만 약 백 명.

그리고 그렇게 번 돈은 자신이 당에 헌납했다.

"아닙니다. 제가 착각한 것 같습니다."

"흠."

미심쩍은 얼굴이 되는 그들이었지만 중요한 건 그게 아니었기 때문에 일단은 넘어가려고 하는 눈치였다.

"확실한 건 이걸 그냥 넘길 수 없다는 겁니다. 어떻게들 하시겠습니까?"

"그거, 중간에 빼앗을 수는 없는 겁니까?"

문자를 받은 의원은 고개를 흔들었다.

"무리입니다. 어디에 있는지 이야기도 해 주지 않는다고 하더군요."

좌중에 침묵이 흐르자 최재철은 똥줄이 바짝바짝 탔다.

이대로 넘어가면 자신은 끝장이다.

아무리 정부가 자신의 편을 들어 준다고 해도 이것만큼은 어떻게 할 수가 없다.

"그 부분은 제가 어떻게 해 볼 수 있을 것 같습니다."

"어떻게 해 볼 수 있다고요?"

"네, 전에 팔각수와 선이 있었으니."

"하지만……."

"모두 다 사라진 건 아니니까요."

다들 고개를 끄덕거렸다.

아무리 몰락하는 곳이라지만 팔각수의 모든 것이 사라진 건 아니다.

그리고 그 안에서 남은 거라도 뜯어먹으려고 하는 자는 있기 마련이다.

"빠른 시일 내에 보고드리겠습니다."

최재철은 다급하게 일어나면서 전화기를 들었다.

그의 머릿속에서는 계속 달동네라는 말만 맴돌고 있었다.

♎

"역시나."

노형진은 얼마 후 들어온 정보를 듣고는 미소 지었다.

"최재철이 나서서 얻으려고 할 수밖에 없지."

"어째서? 국정원을 안 쓰고? 전에는 그렇게 처리했잖아."

"그때 실패했으니까."

그때 이중으로 감춘 덕분에 이쪽에 정보가 있다고 생각하는 최재철이다.

그러니 이쪽이 다시 이중으로 대비했을 거라고 생각하는 것은 어려운 일이 아니었다.

"그러니 어떤 식으로든 그걸 구입하려고 하겠지."

"하지만 어떤 식으로?"

"당연한 거 아니야? 팔각수지."

팔각수는 완전히 무너진 게 아니다.

천천히, 그리고 확실하게 몰락하고 있는 중이다.

"누군가는 그 침몰하는 배에서 떠나려고 하는 법이야. 아마도 구정만을 그런 사람 중 한 명으로 생각할 거야."

"그나저나 구정만이 진짜로 있는 사람이야?"

"있는 사람이지."

노형진은 손가락을 흔들며 말했다.

캐나다 지사에 있는 구정만은 실제로 존재하고, 또 실제로 파워 게임에서 밀려서 쫓겨 간 사람이다.

하지만 팔각수와 최재철의 비밀을 알 정도는 아니었다.

"하지만 중요한 건 살아남은 임원이라는 것과, 그 당시에 그 사실을 알 수도 있는 자리에 있었다는 거야. 그거면 충분하지."

그것만으로도 최재철은 겁먹을 수밖에 없었다.

"그러면 진짜 구정만은?"

"지금쯤 하와이 어디 좋은 곳에서 훌라 춤이나 보고 있겠지."

노형진은 그에게 접근해 상당한 돈을 주고 그의 이름을 빌리기로 했다.

안 그래도 끈 떨어진 연 신세가 되어서 먹고살 방법조차 없던 구정만은 노형진의 말에 혹해 자신의 여권을 건넸기에, 여권의 사진을 바꿔치기해 다른 사람을 구정만으로 입국시키는 건 어렵지 않았다.

"지금쯤 그들은 구정만이 들어와 있다고 생각할 거야. 사실 최재철쯤 되는 녀석이 진짜 구정만의 얼굴을 알 거라고는 생각하기 힘드니까, 마주친다고 해도 모를 테지."

"그 상황에서 구정만에게 접근할 거다 이거지?"

"그래."

구정만이 가지고 있다고 생각하는 증거.

그걸 받아 내기 위해서 뭐든 다 하려고 할 것이다.

"남은 건 그들의 접근뿐이야."

사실 구정만, 아니 그를 대신하는 사람은 입국해 회사에 한번 찾아갔다.

그가 캐나다로 쫓겨 간 것은 오래전 일이고, 그의 얼굴을 아는 사람들은 이미 죽거나 사라졌다.

일선 직원들은 그가 구정만이라고 하니 그런가 보다 할 테고.

노형진은 이 점을 이용한 것이다.

"그곳에 내가 슬쩍 연락처를 남겼어."

"누군가는 최재철에게 줄 거라 이거구나."

"그래."

그리고 그 순간이 최재철의 파멸의 순간이 될 것이다.

"피날레는 이제부터야."

⚖️

─구정만입니다.

전화기 너머에서 들리는 목소리.

그리고 그 소리를 들으면서 최재철은 이를 갈았다.

─누구신지요?

　"나 최재철이다, 구정만. 오랜만이지."

　그 말이 끝나기 무섭게 끊어지는 전화.

　하지만 최재철은 바로 다시 걸지 않았다. 잠시 기다리면서 그가 공포에 젖어 들게 만들었다.

　그리고 한참 지나서 다시 전화를 걸었다.

　하지만 받지 않는 전화.

　그는 간단하게 문자를 보냈다.

　─그걸 팔고 영원히 잘살 수 있을 거라 생각하나? 너희 회장님에 게서 배운 게 없군.

　그렇게 문자를 보낸 지 한 5분쯤 지나자 결국 전화벨이 울렸다.

　"구정만, 간땡이가 부었군. 지금 대한민국 정부를 대상으로 싸움을 거는 건가?"

　─그…… 그게 아닙니다. 제가 돈이 없어서……. 돈에 눈이 멀어서 그랬습니다.

　"긴말하지 않겠다. 그 자료, 어디서 구했지?"

　─회장님이 차명으로 소유한 별장 지하에 사본을 보관하셨습니다.

　'개새끼들.'

아니나 다를까, 사본이 있다는 말에 최재철은 이를 악물었다.

혹시나 해서 그걸 알 만한 놈을 모조리 처리했는데 설마하니 해외에 버려진 놈이 있을 줄은 몰랐다.

"잠깐 보지."

—……

"팔고 싶다면 팔아라. 하지만 내가 아무리 망해 가고 있다 해도 너 하나 죽이지 못할 거라 생각한다면 큰 오산이야."

상대방은 한참을 침묵을 지켰다.

"국정원이 폼을 재고 있다고 생각하는 건 아니지?"

—허억!

"나도 맨입에 거래하자는 건 아니다. 20억을 주지. 그 증거를 넘겨라."

—하지만 최재철 위원장님, 전 100억을 받기로……

"쓰지 못할 돈을 받고 죽을 것이냐, 아니면 그 돈을 받고 쓰고 살 것이냐! 결정해!"

—……

상대방은 말을 하지 못하고 갈팡질팡하고 있었다.

그때 건너편에 있던 남자가 허공에 대고 동그라미를 그렸다.

때마침 상대방에게서 한숨과 함께 말이 나왔다.

—하루만 시간을 주십시오. 결정하고 연락드리겠습니다.

"그러지."

최재철은 고개를 끄덕거렸다. 그리고 벌떡 일어났다.

"어디지?"

"강원도 산속에 있는 별장입니다. 현창성이라는 남자 이름으로 되어 있습니다."

"아무래도 그곳이 그 차명 별장인 모양이군."

애초에 최재철은 그를 살려 둘 생각이 없었다.

이건 본인의 미래가 달려 있는 일이다.

'그게 있다면…….'

어쩌면 그는 되살아날지도 모른다.

비록 그가 팔각수를 소개시켜 주기는 했지만 자금 세탁 전반에 끼어든 건 아니다. 그러니 관련 자료는 없다.

그런데 팔각수에는 관련 자료가 있을 테니 그걸 다시 손에 넣으면 재기할 수 있을지도 모른다.

약점이라는 것은 누가 쥐든 무기가 되니까.

"당장 움직이지."

"네."

남자들이 서둘러서 바깥으로 나가자 최재철은 이를 악물었다.

"절대로 그냥 무너지지 않는다. 절대로!"

⚖

노형진은 숲속에서 조용히 최재철을 기다리고 있었다.

"올까?"

"올 거야."

최재철의 뒤에는 정부가 있다.

그리고 정부에서 전화번호를 추적하는 것은 어려운 일이
아니다.

"그리고 그들이 이번 사태를 어떻게 해결할지 두고 보자고."

그냥 단순히 함정만 파서 그들을 죽이려는 게 아니다.

다시는 재기할 수 없게 만드는 것.

그래서 선거에 신경도 쓰지 못하게 만드는 것이 노형진의
목적이었다.

그 순간 들려오는 낮은 지지직 소리.

-들어옵니다. 차는 네 대입니다.

노형진은 차가운 미소를 떠올렸다.

'복수의 시간이군.'

자신을 죽인 자에 대한 복수라니, 참으로 미묘한 느낌이었다.

"쉿. 지금부터 침묵을 지킨다."

노형진의 말에 주변에서는 낮은 새소리만 울려 퍼졌다.

이마저도 노형진이 혹시나 눈치챌까 걱정해 스피커로 틀
어 놓은 것이지만.

"저곳입니다."

차에서 내린 검은 복장의 남자 한 명이 뒷문을 연 뒤 덩그
러니 있는 별장을 가리키면서 말했다.

천천히 내려선 최재철은 주변을 둘러봤다.

그러는 사이 다른 사람들이 차에서 내려 주변을 포위했다.

"구정만! 내가 왔다! 당장 기어 나올 건가, 아니면 이대로 죽을 건가?"

그 순간 황급하게 우당탕 소리가 들리더니 별장의 불이 꺼졌다.

하지만 최재철은 코웃음만 나왔다.

"구정만! 그런다고 해서 네가 거기에 있는 걸 모를 거라 생각하나? 좋은 말로 할 때 나와라. 그러지 않으면 이곳을 통째로 불 지르겠다!"

농담이 아닌 듯, 뒤에 있던 사람들은 차에서 기름을 꺼내서 주변에 콸콸 쏟아붓기 시작했다.

"나…… 나가겠습니다! 나갈게요! 나갈게요!"

다급한 목소리가 들려오더니 초로의 한 남자가 손을 들고 쭈뼛거리면서 안에서 나왔다.

"죄…… 죄송합니다, 최재철 위원장님. 제발 목숨만 살려주세요. 제가 돈에 눈이 멀었습니다."

나오자마자 구정만은 바닥에 넙죽 엎드려서 덜덜 떨며 빌었다.

"간땡이가 부었군, 구정만."

"죄송합니다. 죄송합니다."

공포에 부들부들 떠는 구정만은 고개조차 들지 못하고 있었다.

그걸 보면서 최재철은 희열이 차올랐다.

"너도 타 죽고 싶지?"

"히이익! 월당동 사건 때도 많이 죽이셨잖습니까!"

"그래, 많이 죽였지. 한 백 명 죽었나? 아주 잘 타더만. 인간이 그렇게 잘 타는 줄은 몰랐어."

고개도 들지 못하고 부들부들 떠는 구정만에게 다가가서 휘발유를 들이붓는 최재철.

"그 버러지 놈들이 죽은 덕분에 내가 좀 편해졌지. 안 그래도 그 지역, 말만 많고 곤란했는데 말이야. 그 돈 덕분에 정치자금도 내고 당에도 들어가고, 자리도 제대로 잡았지. 버러지들 목숨값치고는 요긴하게 썼어. 그런데 네놈은 왜 그러는데? 응? 뭐가 불만이야? 월당동 사건이 뭔지 알면서, 그런 증거를 가지고 왔으면 내가 어련히 잘 챙겨 줄까 봐."

기름을 다 부은 최재철은 품에서 라이터를 꺼냈다.

"확실하게 하자고, 확실하게. 여기에 증거가 있다 이거지? 그런데 네놈이 다른 곳에 다른 증거를 놔뒀을지 어떻게 알아? 그래서 말인데, 네놈을 살려 두면 안 되겠어. 아, 걱정하지 마. 여기에 있는 증거는 내가 잘 써 줄게."

"안 됩니다. 절대 안 됩니다."

"안 되기는 왜 안 돼?"

"왜냐하면…… 증거는 없거든."

"뭐?"

갑자기 반말로 툭 던지는 구정만의 말에 순간 움찔하는 최재철.

그 틈을 이용해 구정만은 자리에서 벌떡 일어났다.

그런데 자리에서 일어난 구정만의 모습은 생각보다 더 젊었다.

어둠 속에서 바짝 엎드려 있었던 바람에 최재철은 구정만의 얼굴을 볼 수가 없어서 나이가 얼만지 감을 잡지 못했던 것이다.

"안녕?"

"너…… 넌 누구냐!"

"넌 날 모르지만 난 널 알지."

구정만, 아니 노형진은 씩 웃으면서 뒤로 물러났다.

"네놈 때문에 겪었던 일을 생각하면 아직도 이가 갈리니까 말이야."

"너 이 새끼, 뭐야! 구정만은 어디에 있어!"

"글쎄, 어디에 있으려나? 그런데 애초에 구정만 얼굴은 아냐?"

최재철은 아차 했다.

구정만을 잡으러 직접 왔는데 정작 구정만의 얼굴은 모른다.

그저 여기에 구정만이 있을 거라 생각했을 뿐이다.

"이 자식!"

최재철은 노형진을 당장이라도 불태워 죽이고 싶었지만 이미 노형진은 멀리 떨어진 곳에서 빙글거리면서 웃고 있었다.

"그런다고 네놈이 여기서 도망갈 수 있을 것 같아!"

"맞아. 도망은 못 가지. 차도 없고 총도 없고."

노형진이 이죽거리자 그의 앞을 가로막으면서 권총을 꺼내는 국정원 요원들.

그때 노형진은 그 안에서 아주 반가운 사람을 발견했다.

"아이구, 여기서 또 만나네?"

물론 그 요원의 표정은 변화가 없었지만…….

"이런, 이런! 미안해서 어쩌나. 미래에 팀장이 되실 분인데 이제 글러 먹었네?"

"뭐?"

그는 다름 아닌 노형진을 직접 죽인 자였다.

회귀 전 노형진에게 칼을 박아 넣었던 사람.

아마 지금은 평요원 중 한 명이리라.

"이거, 난 행복하네. 복수 두 개를 한 번에 끝낼 수 있다니."

"웃기지 마! 복수? 무슨 복수!"

"알 필요는 없고."

"그래, 알 필요는 없지."

권총을 겨누는 국정원 요원들.

하지만 그들은 그다음 순간 움찔하고 멈췄다.

불이 꺼진 집의 옥상 쪽에서 환한 라이트가 비추었기 때문이다.

"으윽. 이건······."

"인터넷 생방송이라고 아나? 생방송은 아니다. 지금쯤 송출을 시작했을 거야. 네놈들이 여기에 들어오는 부분부터 말이지."

"뭐······ 뭐라고?"

다들 얼어붙었다.

그러면 자신들이 여기서 한 모든 행동이 다 드러난다는 뜻이 아닌가?

"참 재미있지? 안 그래?"

노형진은 기름에 전 옷을 벗어 던졌다.

털썩.

"월당동에 불을 내서 거주민들을 백 명도 넘게 죽게 만든 뒤 거기를 싹 밀어서 정치자금으로 당에 들어가서 그렇게 호의호식했으면, 벌은 받아야지."

최재철은 멍한 표정으로 주변을 바라보았다.

카메라가 자신들을 비추고 있었는데. 그 뒤로 유찬성이 보였다.

"관련 증거는 애초에 없었어. 하지만 네놈이 자백한 덕분에 증거가 생겼네."

"······."

"과연 당에서는 뭐라고 할까? 정부에서는 뭐라고 할까? 백 명이 넘는 사람을 태워 죽인 돈으로 정치한 정당에 대해,

국민들은 뭐라고 할까?"

노형진이 뭐라 말하든, 최재철은 그저 멍할 뿐이었다.

단 한순간에 어떻게 자신이 이렇게 몰락할 수 있는지, 이해하지 못하는 듯한 표정이었다.

"최재철, 이건 네놈의 죄를 받는 거다."

노형진이 말을 끝내자 뒤에서 한 남자가 수갑을 들고 나왔다.

"같이 가시지요, 위원장님. 그리고 거기 국정원 요원분들도 같이 가 주셔야겠습니다."

"크윽."

천하의 국정원 요원이 수갑을 차고 경찰에게 끌려가야 한다는 사실에 다들 신음 소리를 냈지만 방법이 없었다.

"거절한다면 경찰과 국정원의 총격전이라는 초유의 사태가 벌어지겠군요. 그것도 카메라 앞에서요."

경찰의 말에 국정원 요원들은 힘없이 들고 있던 권총을 내려놨다.

"이제는 당신 차례야."

노형진은 혼이 나간 듯 멍하니 바라보고 있는 최재철을 마주 보았다.

"발악은 끝났다. 이제 항복해."

최재철은 고개를 숙였다.

그의 멍한 눈은 강렬한 라이트로 인해 마법처럼 반짝거렸다.

"으아아!"

그러더니 갑자기 벌떡 일어나 휘발유가 있는 곳으로 뛰어들었다. 그리고 몸에 불을 붙였다.

"끄아악!"

"저런 미친!"

흥건한 휘발유가 그의 몸을 불사르면서, 불길이 순식간에 머리 꼭대기까지 뒤덮었다.

"끄아악!"

"불을 꺼! 어서!"

최재철의 처절한 비명이 조용한 계곡으로 울려 퍼졌다.

주변에서는 불을 끄기 위해 달려들었다.

"이런 미친!"

노형진은 활활 불타고 있는 최재철을 보면서 자신도 모르게 이를 악물 수밖에 없었다.

⚖️

"목숨은 건졌다는데."

"목숨은 건진 게 아니라 목숨만 건진 거지."

전신에 4도 화상을 입은 최재철은 병원에 입원했다.

그는 자신이 죽기를 원했을 테지만, 세상은 그를 그렇게 호락호락하게 놔줄 생각이 없었던 모양이다.

"매일같이 비명을 지른대."

"사람이 죽는 가장 고통스러운 방법 중 하나가 바로 불에 타 죽는 거야. 하지만 그는 죽지 못했지. 그러니 불타 버린 신경들이 아마 영원히 고통스러울 거야."

노형진은 그 말을 하면서 허공을 바라보았다.

마치 마법 같았다.

그가 저지른 가장 큰 죄악과 똑같은 방식으로 받는 벌이라니. 그것도 평생.

"최재철이 끝났으니 선거도 사실상 끝장난 거지."

그가 한 말은 모조리 방송에 나갔다.

아무리 막고 싶어도 막을 수 있는 게 아니었기에, 현 정권의 지지율은 바닥을 치다 못해 바닥을 뚫을 지경이었다.

"이제 끝난 건가?"

손채림은 머리를 긁적거리면서 말했다.

노형진이 말했던, 정권이 바뀌어야 한다는 것은 사실상 이루어진 상황.

"글쎄."

노형진은 영 뒤가 찝찝했다.

"왜 또?"

"내가 정보가 샐 것을 예상해 야당 쪽에 정보를 뿌렸지만, 진짜로 샌 건 사실이잖아?"

"아……."

현 야당에 구정만에 대한 정보를 뿌린 것은 어디선가 새어 나갈 거라 확신했기 때문이다.

그리고 예상대로 새어 나가 여당 쪽에 넘어갔다.

"문제는 그게 누군지 모른다는 거지."

결국 야당 쪽에는 아직도 그들이 심어 둔 누군가가 있다는 뜻이다.

"그리고…… 그게 쉽게 정리될 것 같지 않네."

불완전한 승리에, 노형진은 씁쓸하게 웃을 수밖에 없었다.

고아라는 이름의 원죄

"대단위 소송요?"

노형진은 고개를 갸웃했다.

평등재단에서 가지고 온 의견이 상상을 초월했기 때문이다.

"네, 아무래도 대단위 소송이 필요할 것 같습니다."

"집단소송을 말씀하시는 거라면⋯⋯."

"집단소송이 아니라 대단위 소송입니다. 정확하게는, 소송까지 가지 않고 받아 낼 수 있으면 좋겠습니다만."

"무슨 문제인데요?"

"아이들의 생활 문제입니다."

"아이들의 생활 문제?"

다들 서로를 바라보았다.

아이들의 생활 문제라고 하면 해당되는 이야기가 너무나 많기 때문이다.

"정확하게는 고아들의 생활 문제입니다. 원래는 양육비 청구 소송으로 들어온 건데, 파고들다 보니 너무 답이 없어서요."

"양육비야 시스템화되어 있어서 문제 되는 게 없을 텐데요."

"그렇죠. 게다가 그게 무슨 대단위 소송을 할 거리가 있다는 건가요?"

"의외로 생활을 제대로 못 하는 사람들이 많아요."

"많다고요?"

"네."

평등재단에서 온 담당자인 소아진은 걱정스러운 얼굴로 말했다.

"사람들이 순간만 넘기면 된다고 생각하는 것 같더군요."

"으음⋯⋯."

평등재단은 대룡에서 만든 법률 지원 단체다.

돈이 없어서 소송하지 못하는 사람들을 위해 소송비를 대납해 주는데, 그 덕에 돈이 없고 힘이 없는 사람들이 많은 도움을 받고 있다.

당장 소송에 들어가는 돈도 문제지만 그들의 뒤에 새론과 대룡이 존재한다는 사실이 재판에 상당한 영향을 미치기 때문이었다.

"그런 말씀을 하시는 걸 보니 뭔가 이유가 있는 모양인데, 요즘 무슨 특별한 일이라도 있습니까?"

"요즘 자식을 버리고 가는 사건이 워낙 많아서요."

"그 유아 박스인가 하는 걸 말하시는 건가요?"

얼마 전 언론에서 시끄러웠던 유아 박스 건을 생각한 노형진이 묻자 소아진은 고개를 흔들었다.

"그런 거라면 차라리 다행이지요."

"그러면?"

"말 그대로입니다. 미성년자나 어린 여성을 대상으로 한 사건들이 많이 벌어지고 있어요."

"네?"

"아까도 말씀드렸다시피, 사건이 하나 들어와서 파고들어 보니 드러나지 않은 게 너무 많더라구요."

"드러나지 않은 게 뭔가요?"

"의뢰인이 고아예요. 고아원에 있다가 나왔는데……."

노형진의 얼굴이 와락 일그러졌다.

그걸 본 소아진은 고개를 갸웃했고, 다른 사람들도 어리둥절한 표정이 되었다.

"왜 그러나?"

듣고 있던 송정한이 그런 노형진에게 물었다.

그가 그렇게 감정을 드러내는 것은 그 사건이 더럽다는 걸 알고 있을 때라는 것을 알기 때문이다.

"자칭 자선가라는 새끼들이 생각나서요."

"네?"

"혹시 그거, 고아원에서 나오는 여자애들을 노리고 접근하는 새끼들 이야기 아닙니까?"

"그걸 어떻게?"

소아진은 깜짝 놀랐다.

노형진이 그에 대해 알고 있을 거라고는 생각도 하지 못했기 때문이다.

사실 대부분은 모른다.

모를 수밖에 없다. 고아들에게 신경을 쓰는 사람은 많지 않으니까.

"하아……"

"자네가 아는 게 좀 있나?"

"네. 사실 이것도 한 번은 짚고 넘어가야 하는 일이었는데……"

고아원에는 수많은 아이들이 있다.

매년 수많은 고아들이 들어가고, 또 그만큼 성장해서 나간다.

그런데 한국의 복지 정책은 가혹하기 짝이 없다.

고아원에서 자라는 동안은 먹고 마시고 자는 것을 책임져주지만, 성인이 되는 순간 바로 세상으로 던져진다.

이제 성인이니 알아서 살아남으라는 이야기다.

"그게 참 개 같은 이야기지요."

유예해 주기는 하지만, 그 조건이 대학을 들어가는 경우만 이다.

문제는 대학에 들어가는 것이 고아들에게 너무나 힘든 일 이라는 거다.

고아원이라는 곳은 사실 공부하기에 좋은 환경이 아니다.

그렇다고 그들이 학원에 가거나 과외를 할 수 있는 상황도 아니다.

당연히 대학에 들어갈 정도의 성적을 만드는 게 쉽지 않다.

"그리고 여성들에게는 더욱 가혹하지요."

"네, 맞아요. 그래서 제가 알게 된 거구요."

소아진은 원래 사회복지사를 하려고 했던 사람인 만큼 그 이면의 행동을 알고 있기 때문이다.

"이번 사건도 그래요."

남자는 그나마 몸이라도 쓰고, 이도 저도 안 되면 군대에 라도 갈 수 있다.

하지만 여자는 아니다.

"고아원에서 나오는 나이는 평균 19세. 세상 물정 모르고, 가지고 있는 거라고는 잘해 봐야 몇백만 원 정도. 아무리 많 아 봐야 1천만 원도 없지요. 거기에다 고아원에 살면서 정에 굶주린 상태일 확률이 높고……."

"설마……."

"네, 그런 애들만 노리는 개자식들이 있습니다."

마치 좋은 사람인 것처럼 가면을 쓰고 접근해서 육체를 탐하는 개자식들.

그런 놈들을 노형진은 알고 있었다.

"그런 놈들이 하는 말에 따르면 원래 여자를 공략할 때 가장 좋은 방법이 다급한 여자를 도와주는 거라지요."

세상 물정 모르는 아이들이라 적당히 잘해 주면 홀라당 넘어올 테니, 적당히 즐기다가 시간이 지나면 차 버리는 것이다.

그리고 다시 새로운 여자아이를 노리고.

"그러면 그 여자애는 세상에 적응할 기회를 박탈당하는 겁니다. 인생은 시궁창행이 되는 거고요."

그러면서 어깨를 으쓱하는 노형진이었다.

"음……."

"더러워."

송정한은 생각지도 못한 이야기에 눈을 찌푸렸고, 손채림역시 구역질이 난다는 표정이었다.

"하긴……."

조용히 듣고 있던 김성식은 이해가 간다는 듯 고개를 끄덕거렸다.

"내가 검사를 하던 시절을 돌이켜 보면, 의외로 고아 출신범죄자가 많았지."

"많을 수밖에 없는 거지요."

아무것도 모르는 아이가 단돈 몇백 손에 들고 세상에 던져진다.

문제는 그게 집을 구하기에도 터무니없이 적은 금액인데 그마저도 노리는 사기꾼까지 존재한다는 것이다.

"대부분 길이 없는 거죠."

취업하고 싶어도 아무도 받아 주지 않는다.

고아는 질이 나쁘다는 노인네들의 인식 때문이다.

하지만 그건 잘못된 생각이다.

고아가 질이 나쁜 게 아니라, 사회에 외면당해 음지로 빠지는 것이다.

"남자들은 온갖 범죄를 다 저지르지. 여자애들은 성매매 쪽으로 많이 빠지고. 확실히 고아들이 범죄율이 높아."

김성식의 말에 송정한도 고개를 끄덕거렸다.

그도 판사 시절에 많이 봤던 일이니까.

"상황을 봐서 선처해 주기는 했는데…… 악순환이더군."

"당연하지요. 고아라는 배경만으로도 힘들어 죽겠는데 전과까지 달면 사실상 주류로 편입은 하지 못하니까."

악순환의 악순환이다.

그리고 그 때문에 고아들을 조직적으로 노리는 범죄 조직도 있다.

"아까 여자애들을 노리는 놈들도, 가난한 사람은 그러지 못할 겁니다. 안 그래요?"

소아진은 고개를 끄덕거렸다.

"차라리 가난한 사람들은 그렇게 하지 않습니다."

"어째서요? 남자는 다 똑같지 않나?"

손채림이 고개를 갸웃했다.

그러자 노형진은 안타깝다는 듯 말했다.

"똑같은 목적으로 접근한다고 해도, 가난한 남자들은 최소한 책임은 지거든. 애초에 그들의 최종 목적은 결혼이니까."

"아……."

가난한 만큼 결혼이 힘들다.

그러니 차라리 그런 세상 물정 모르는 아이들을 꼬셔서 결혼하려는 사람이 있는 것이다.

"그런 사람들은 어떻게든 자기가 책임지려고 해. 그리고 가난하든 목적이 어떻든 간에 자기들이 좋다고 하는데 거기에 법이 끼어들 이유는 없고."

일단 세상으로 나오는 순간 성인이니까.

성인이 본인의 의사에 따라 행동하는 걸 법이 막을 수는 없다.

"맞아요. 그런 짓을 하는 놈들은 소위 방귀 좀 뀌는 놈들이에요."

돈이 있으니까 상대방을 가지고 놀려고 하는 놈들이 많다는 것.

"상황 참 웃기네."

"일단 제가 여기에 가지고 온 사건은 그 와중에 임신한 아이에 대한 문제예요. 애엄마는 올해 열아홉 살이구요."

소아진은 한숨을 폭 쉬면서 말했다.

"그거야 양육비 소송을 하면 되는데……."

"아랫도리를 못 놀리게 잘라 버려야 하는데."

손채림은 억울한 듯 말했다.

노형진은 고개를 끄덕거렸다.

"하지만 매년 수천 명의 고아들이 세상으로 나오는데 다 도울 수는 없지 않나?"

"그게 문제입니다."

보통 지역마다 고아원에서 나올 때 지급되는 돈이 있기는 하나, 대략 500만 원 정도.

단돈 500만 원 들고 세상으로 나온 수천 명이 살아남기 위해 뭘 해야 한단 말인가?

"정부에서 직업교육 같은 거 하지 않아?"

"직업교육?"

노형진은 코웃음을 쳤다.

해 주기는 한다. 그런데 그게 문제다.

"진짜 직업교육을 시켜 주지 않으니까 문제야."

"응? 진짜 직업교육이라니? 그러면 지금 하는 건 의미가 없다는 거야?"

"그게 아니라, 진짜 도움이 되는 직업교육이 드물다는 거지."

가령 여성을 대상으로 가장 많이 하는 직업교육 중 하나가 바로 미용 기술이다.

즉, 미용실.

그런데 현재 한국의 미용실은 포화 상태나 마찬가지다.

"대부분의 직업교육이 그런 식이지."

최선을 다해 직업교육을 한다.

하지만 그게 현실적으로 쓰일 만한 자리를 찾는 건 쉽지 않다.

그나마 디자인 같은 건 도움이 되긴 하지만, 시장에서 4년제 디자인 학과 출신들과 싸워야 한다는 점이 또 문제다.

"그리고 너도 알겠지만 학원에서 배우는 건 사실 거의 기본 중의 기본이야. 실무 경험도 없고. 4년제 대학에 비해 시간이 부족하니까."

"아……."

당연히 사회에서는 4년제 대학을 나온 사람을 선호할 수밖에 없다.

"그러면 사람이 좀 부족한 곳으로 가서 취업하면 되지 않나? 요즘도 인력난에 시달리는 곳들이 있잖아."

"그러면 좋긴 한데 말이지, 일단 고아라는 게 죄도 아니고 남이 하기 싫은 일을 넌 고아니까 하라고 하는 건 형평성에 어긋난다고. 인력난에 시달린다는 것 자체가 힘들고 어렵고 위험한 데다가 박봉의 일이라는 소리나 마찬가지 아냐? 그런데 고아니까 무조건 거기서 일하라고? 그건 차별이지."

이것이 삶이다

농사를 짓거나 하는 일에는 언제나 사람이 부족하다.

하지만 그렇다고 고아들에게 농사를 지으라고 할 수는 없다. 애초에 고아원에서 살던 아이들이니 농사짓는 것도 어려울 거고.

"게다가 그것도 결국은 배움의 기회가 필요한데, 가르쳐 주는 데가 있어?"

"······."

"그리고 농사를 지으려면 땅이 있어야 하는데, 땅은 어디 있어?"

"······."

"소작농을 하자니 버는 족족 주인에게 줘야 할 테고, 가르쳐 주는 사람도 없는데?"

"중소기업도 마찬가지야."

사람들이 자리가 없으면 중소기업에라도 가라고 한다.

하지만 사람들이 가지 않는 중소기업에는 이유가 있다.

급여는 최저임금도 지키지 않을 정도로 짜고, 야근비나 특근수당도 안 지킨다.

심지어 직무가 위험한데 보험도 안 들어 주기도 한다.

사고가 난다고 해도 배상금은 터무니없이 적은 수준이고.

"세상은 가혹하지만, 고아들에게는 더 가혹하지."

노형진은 그들의 생각을 안다는 듯 고개를 끄덕거렸다.

"용케도 그런 걸 잘 아시네요."

"그들을 접해 본 경험이 있거든요."

회귀 전 잠깐 국선변호인으로 일한 적이 있었다.

그때 담당했던 사건 중에서 의외로 고아들이 관련된 사건이 많았다.

그들도 어쩔 수가 없었으리라.

그들에게 변호사를 선임할 돈이 있을 리 없으니까.

"새론은 이런 사회적인 문제에 관심을 가지고 있다고 해서 제가 직접 온 거예요."

"대룡에서는 뭐라고 하던가요?"

"방법이 없다고 하지요. 진짜 없는 건지는 모르겠지만."

대룡이 만든 자선단체라고는 해도, 엄밀하게 말하면 평등재단은 대룡과는 별개의 조직이다.

그러니 문제를 해결해 달라고 그쪽에 부탁하는 것도 한계가 있다.

"그건 그렇지요."

"아마 대룡도 방법이 없을 겁니다."

지금까지 대룡이 해 온 자선 행동은 세금을 털어 낼 방법론적인 부분도 있지만 대국민 홍보의 목적도 있었다.

하지만 고아는 그에 적당한 대상이 아니다.

구매력도 약하고, 홍보의 대상으로도 보기 힘들다.

"하지만……."

"대룡이 사회적으로 많은 일을 하는 곳은 맞습니다. 다른 곳보다 훨씬 더 많이 하기는 하지요. 하지만 그렇다고 해서 그곳이 적자를 봐 가면서 남을 도와줘야 한다는 건 아닙니다."

"음......."

"그런 곳이 없는 건 아니잖아요?"

"그렇기는 하지만, 이미 대룡은 많은 사회적 기업을 거느리고 있습니다."

"음......."

그렇다고 취업을 시켜 주는 것이 올바른 것도 아니다.

이미 대룡은 수많은 사람들을 취업시켜 줬다. 상당히 많이 성장했다고 하지만, 일자리를 무한대로 키울 수는 없는 노릇이다.

"이거 참...... 애매하군. 돕고자 하는 소아진 씨의 마음은 알겠지만......."

사회적으로 너무 소수로 분류되는 사람들이라 도울 수가 없다.

더군다나 그 이미지조차도 좋지 않으니.

"우우우......."

억울한 표정이 되는 소아진을 보면서 노형진은 고개를 흔들었다.

"일단 그 부분은 넘어가지요."

"넘어가자구요?"

"돕지 않겠다는 게 아닙니다. 한 번에 방법을 찾을 수는 없으니까 급한 불부터 끄자는 겁니다. 지금 급한 건 버려진 사람들 아닙니까? 그놈들이 다른 여자애들을 노리고 있다면서요?"

"그건 그렇지요."

소아진은 고개를 끄덕거렸다.

버려진 여자들은 당장 생활조차 불가능하게 되었다.

남자를 믿고 돈을 맡겼는데 그 돈을 빼앗긴 경우도 있고, 임신한 후 버려진 경우도 있고.

"그 부분을 해결하는 게 우선이라고 생각합니다. 같은 피해자가 계속 생기게 내버려 둘 수는 없으니까요, 피해자가 스무 명이 넘는다면서요? 소아진 씨 말대로라면 그놈들을 그대로 두면 내년에도 이만큼의 피해자가 발생한다는 겁니다."

"하아, 알았어요."

소아진은 일단은 노형진의 말대로 하기로 했다.

지금 급한 게 무엇인지는 너무나 명확하니까.

"그러면 어떻게 하지요?"

"일단…… 임신한 사람들부터 진행합시다."

임신 중이거나 아이를 낳아 기르고 있는 사람들.

그들에게는 생존이 걸린 문제다.

"하지만 양육비를 달라 한다고 줄까요?"

"양육비요?"

노형진이 피식 웃었다.

"양육비는 부차적인 문제가 될 겁니다. 그건 제가 장담하지요, 후후후."

⚖

"이번에 나오는 아이들 중에는 쓸 만한 년이 없네."

임명학은 벽에 걸린 아이들의 사진을 보면서 말했다.

"이 애가 괜찮은데요."

"음…… 예쁘기는 한데…… 가슴이 너무 작잖아."

원장이 한 아이를 가리키며 말했으나 임명학은 계속 툴툴거릴 뿐이었다.

"빈유도 나름 취향 아니겠습니까?"

"그건 그렇지."

임명학은 건물만 다섯 개를 가진 부자다.

그런데 나이가 마흔이 넘도록 결혼을 하지 않았다.

할 생각이 없었기 때문이다.

매년 어린 여자를 꼬셔서 갈아 치울 수 있는데 굳이 결혼할 필요가 뭐가 있단 말인가.

사실 이런 녀석들을 원장이 걸러 내야 하는데, 들어오는 돈 때문에 모른 척을 넘어서 적극적으로 어필하는 인간들까지 있었다.

"이번에는 이 애로 할까?"

"좋은 선택입니다."

"그래, 어떤 애인데?"

"뭐, 비슷하지요. 독한 척은 하는데 정에 굶주려서 조금만 잘해 주면 홀랑 넘어올 겁니다."

"그래? 일단 개인 후원부터 터야겠군. 한 달에 한 50만 원이면 되겠지?"

"그럼요."

임명학에게는 돈이라고 할 수도 없는 금액이지만 얼마 후면 고아원에서 나가 혼자 삶을 꾸려야 하는 아이의 입장에서한 달에 50만 원은 아주 큰 돈이니 감사하게 될 것이다.

"개인 후원을 하기로 하고……."

그가 후원 계좌를 즉석에서 오픈하고 있을 때였다.

띠리링.

전화기가 울리자 그는 힐끗 발신인을 확인하고 눈을 찌푸렸다.

'뭐지?'

자신의 사무실에서 온 전화였다.

임명학은 전화를 받자마자 다짜고짜 짜증스럽게 물었다.

"뭐야? 나 바쁘다고 했잖아."

-회장님, 소장이 왔습니다.

"소장? 소송 한두 번 걸려 봐? 적당히 해결해."

-그게…… 기존에 날아오던 소장과는 좀 다릅니다.

"뭐?"

—양육비 소송이 아니라 인지 청구 소송입니다.

"인지 청구 소송? 그게 뭔데? 그냥 돈푼이나 주고 끝내 버려."

—그게, 상대방이 좋지 않습니다.

"상대방이? 누군데?"

—법무 법인 새론입니다.

임명학의 얼굴이 딱딱하게 굳었다.

$$\ominus$$

"양육비 청구 소송이 아니라 인지 청구 소송으로 하는 이유가 있나요?"

소아진은 고개를 갸웃하며 물었다.

그녀가 본래 원한 건 양육비 청구 소송이었다.

그런데 노형진은 양육비가 아니라 인지 청구 소송부터 시작한 것이다.

"음…… 비슷하면서 다르죠."

"비슷하면서 다르다?"

"네."

"뭐가? 결국 돈을 달라는 건 같잖아?"

"같기는 하지. 하지만 장기적으로 보면 좀 달라."

노형진은 손채림도 자신이 노리는 바를 모르는 것 같아서 자세하게 설명해 주기로 했다.

"인지 청구 소송은 말 그대로 자기 자식으로 인정하라는 뜻이야."

"그건 양육비 청구 소송도 마찬가지잖아?"

"그렇지. 하지만 다른 점은, 인지 청구 소송이 훨씬 큰 개념에 가깝다는 거지."

"큰 개념?"

"그래. 양육비는 현실적으로 지금 써야 하는 돈에 대한 문제거든."

"그런데?"

"하지만 인지 청구에는 현재에 대한 돈이 아니라 미래의 돈까지 포함되지."

"미래의 돈?"

"유산 말이야."

"유산? 벌써 유산을 노리겠다는 거야?"

"그래."

노형진은 고개를 끄덕거렸다.

"양육비 청구 소송을 하면 저쪽에서 어떻게 할 것 같아?"

"그거야……."

"뻔하지."

부자인 만큼 얼마 정도 돈을 주고 털어 내려고 할 것이다.

실제로 임명학은 그런 식으로 여자들을 털어 냈다.

"물론 그 돈이 당장 중요하기는 하지만, 현실적으로 도움이 되는 데 한계가 있거든. 일종의 페이크니까."

"페이크?"

"그래. 돈 개념이 좀 다르거든."

저들은 일단 당장 아이와 부모에게 한 5천 정도의 돈을 주고 영영 털어 내려고 할 것이다.

실제로 이야기를 들어 보면 그런 식으로 많이 했고.

"지금 그 여자들에게 있어서 5천만 원은 어마어마한 돈이야. 절대 작은 돈이 아니지."

"그건 그렇지요."

고개를 끄덕거리면서 인정하는 소아진.

"문제는 그 돈이 터무니없이 작다는 거죠. 한 아이를 키우는 금액을 생각하면요."

정부의 발표에 따르면 아이를 성인으로 키우는 데 들어가는 돈은 최소 3억 정도다.

당연히 시간이 지나고 물가가 오를수록 그 금액은 터무니없이 늘어날 것이다.

"하지만 인지 청구는 그런 게 불가능해. 아니, 정확하게는 우리가 할 생각이 없는 거지만."

양육비를 달라고 하는 것은 법적인 공방이 상당히 오래 걸린다.

여러 가지로 감안할 게 많기 때문이다.

"양육비를 청구한다는 것 자체가 일단 인지를 기본으로 깔기는 하지만 말이야."

하지만 인지만 하는 것은 양육비를 청구하는 것과는 좀 다르다.

"미래의 재산, 그러니까 유산을 노리겠다는 확실한 증거지."

"음……."

"그리고 인지가 된 후에는 양육비 청구 소송을 할 때 상황도 좀 달라지고."

"달라진다고?"

"그래. 양육비 청구를 할 때 가장 중요한 게 뭔지 알아?"

"뭔데?"

"지급을 요구하는 대상의 재산과 경제 능력이야."

가령 한 달에 300만 원을 버는 대상에게 양육비 청구 소송을 한다면 잘해 봐야 100만 원 정도의 돈을 받을 수 있을 것이다.

하지만 그 상대방이 임명학처럼 돈이 많은 사람이라면?

"금액 단위가 달라지지. 아마도 한 달에 300 이상, 어쩌면 500 이상이 될 수도 있다고."

"허얼?"

그 부분은 상상하지 못했는지 소아진과 손채림은 깜짝 놀랐다.

"그렇게 차이가 나?"

"그래. 그렇게 차이가 날 수밖에 없지."

물론 양육비 청구 소송을 하더라도 금액에 대해서는 다퉈야 한다.

하지만 이 경우에도 인지가 끝난 후의 소송이 이쪽에 유리하다.

"더군다나 양육비 청구하고 다르게 인지 청구 소송은 당사자들만의 문제가 아니거든."

"응? 그게 무슨 소리야?"

노형진은 그저 웃고 말았다.

⚖️

"누구 마음대로 내 자식이라는 거야! 엉?"

임명학은 분노로 부들부들 떨었다.

다짜고짜 소송을 건 인간이 눈앞에 있으니 당장이라도 때려죽이고 싶은 얼굴이었다.

"나는 인정 못 해!"

"혼외자에 대한 인정 문제는 당신의 선택이 아닌 유전자의 문제입니다."

노형진은 법원에서 마련한 조정에 출석해서 실실 웃으며 말했다.

"그 쌍년이 다른 새끼 아이 가진 거 모를 줄 알아! 젊은 년이 얼마나 밝혔는데!"

"그 말씀대로 당신 아이가 아니라면 그걸로 끝인 거죠. 그러니까 유전자 검사 한 번만 하면 되는 겁니다."

"웃기지 마! 절대 못 해!"

"법원에서 명령이 나갈 텐데요?"

"조 까!"

유전자 검사를 하게 되면 자신의 자식인 걸 인정하지 않을 수가 없다는 사실을 알고 있는 임명학은 절대로 유전자 검사를 받을 생각이 없었다.

"법원에서 명령이 내려와도 안 하면 그만이야!"

"글쎄요……. 당신이야 그럴 테지만."

노형진은 어깨를 으쓱했다.

"당신들 형제랑 부모는 어떻게 생각할지 모르겠네요."

"뭐?"

"소송 내용을 바꿀 거거든요."

"바꾼다고?"

"네. 검사 대상을 당신뿐만 아니라 당신 아버지와 형제로까지 확대할 겁니다."

"미친……."

"당신이 유전자를 제공하지 않는다고 하니까 별수 있나요?"

노형진은 실실 웃으면서 말했다.

"과연 당신 가족들이 그걸 알면 뭐라고 말할까요?"

"으으윽!"

노형진이 노리는 게 바로 그거였다.

가족들이 아는 것.

그들에게 알려지면 창피할 일이기 때문에?

아니다.

임명학은 아직 미혼이다. 그리고 어마어마한 재산을 가지고 있다.

만일 임명학이 죽게 된다면 그 재산을 가지고 가는 것은 그의 형제와 자매일 것이다.

"하지만 인지 소송이 끝난 후에 그 재산을 가지고 가는 것은 당신의 아이들이겠지요."

"아이들?"

"좀 알아보는 중인 일이 있습니다. 그런데 여자를 제법 많이 바꾸셨데요?"

"크윽……."

부들부들 떠는 임명학.

지금까지 바꿔치기해 온 여자만 열두 명이 넘었다.

당연히 그중에는 임신을 한 여자도 있었고.

"그런데 이제 아이들이 생겼으니 집안에서는 당신의 재산을 물려받지 못하게 되겠지요. 아이가 전부 몇 명인지는 모르겠지만, 일단 우선권은 이쪽에 있으니까."

"으으윽……."

"그러면 집안에서 뭐라고 할까요?"

노형진은 느긋하게 웃으면서 의자에 기대앉았다.

"후우······."

분노로 부들부들 떠는 임명학을 보던 그쪽 변호사는 일단 그를 진정시키면서 입을 열었다.

"자, 두 분 다 진정하시고. 여기는 합의하러 온 자리니까 합의를 합시다. 인지 소송을 철회하면 5천만 원을 드리겠습니다."

상대방 변호사는 마치 선심을 쓰는 것처럼 말했다.

노형진은 그 소리에 거하게 코웃음을 쳤다.

"5천요?"

"그 정도면 자립하는 데 충분한······."

"조금만 참으면 수십억을 받을 수 있는데 왜 우리가 5천으로 만족해야 한다는 거죠?"

"네?"

"우리는 이 소송이 끝나면 양육비 청구 소송도 할 겁니다. 임명학 씨 실제 재력이 어느 정도나 되는지 정확히는 모르겠지만 세상에 알려진 재력을 기준으로 대충 계산해 봐도 한 달에 500만 원은 받아 낼 수 있겠지요."

"그렇게 많이는 안 나옵니다. 그렇게 부자는 아니고······."

"뭐, 그래도 300만 원은 나올 겁니다. 열 달이면 3천이고 1년 반쯤이면 5천은 나올 텐데, 우리가 왜 고작 5천만 원을 받고 소송을 취하하죠?"

"……."

"그리고 장기적으로 보면 그 재산은 우리 겁니다. 임명학 씨가 얼마나 오래 살지는 모르겠지만, 아무리 그래도 자식이 부모보다 더 오래 사는 건 보통 당연한 거죠. 뭐, 그쪽에서 킬러라도 보낸다면 또 모르겠지만."

"뭐라고!"

발끈해서 일어나려고 하는 임명학.

그런 그를 진정시키면서 상대방 변호사는 눈을 찌푸렸다.

노형진이 이렇게 임명학을 도발하는 이유를 알 수가 없었기 때문이다.

"어찌 되었건 임명학 씨의 재산은 우리가 받게 될 겁니다. 그런데 우리가 그걸 왜 포기하고 고작 5천만 원을 받고 물러나야 합니까? 5억도 아니고."

"그래서 끝까지 해보자는 거야. 뭐야!"

"해보자고 소송한 거지, 수다 떨자고 소송한 건 아닙니다."

"으음……."

변호사는 곤혹스러운 표정이 되었다.

사실 지금까지는 상대방이 변호사를 선임할 돈이 없어서 어떻게든 합의하려 하기도 했고 세상 물정도 몰라서 후려치기가 참 편했다.

그런데 변호사를 끼고 들어오자 이건 도무지 답이 보이지 않았다.

"그러면 얼마 정도에……?"

"40억."

"뭐!"

입을 쩍 벌리는 임명학.

"40억은 주셔야 합의하겠는데요."

"이 새끼가 미쳤나! 내가 미쳤어? 얼굴도 모르는 애새끼를 위해서 40억을 주라고!"

"그 정도는 주셔야지요!"

"개소리하지 마!"

길길이 날뛰는 임명학.

변호사는 그 말을 듣고는 한숨을 쉬었다.

"아무래도 우리가 합의는 힘들 것 같군요."

사실 한 1억 정도면 합의하려고 했다.

그러나 40억은 정말 터무니없는 금액이다.

"조 까라 그래!"

임명학은 고래고래 소리를 질렀다.

"합의 못 해! 합의 결렬이야! 웃기지 마!"

소리를 고래고래 지르면서 나가 버리는 임명학을 보면서 그쪽 변호사는 한숨을 푹 쉬면서 자리에서 일어났다.

"합의 결렬입니다."

"그러세요."

이것이 인생이다

노형진은 이죽거리면서 말했고, 그쪽 변호사는 임명학을 따라서 나가 버렸다.

"아니…… 합의하려는 상대방을 왜 도발하십니까!"

조정관은 어이가 없다는 듯 말했다.

잘 이야기해도 조정이 될까 말까인데 누가 봐도 노형진은 그들을 도발했다.

"우리도 합의할 생각이 없거든요."

노형진은 그렇게 말하면서 자리에서 일어났다.

"조정 불성립으로 올리세요. 두 번 잡아 봐야 의미가 없을 것 같네요. 그럼 저희는 이만."

조정관에게 인사를 건네며 나가는 노형진.

바깥으로 나왔을 때 손채림과 소아진은 당혹스러운 얼굴로 서 있었다.

"표정이 왜 그래?"

"지금 임명학을 봤는데, 표정이 살벌하다 못해 아주 누구 하나 죽일 것 같던데?"

"알아."

"아니, 왜?"

"자기 마음대로 안 되니까 저러는 거지, 뭐."

노형진은 어깨를 으쓱했다.

물론 그것이 노형진이 원한 바이기는 하지만.

"그러면 이제 어쩌실 거죠?"

"당연히 소송해야지요. 다른 분들도 찾아봐야 하구요."

소아진은 고개를 갸웃했다.

"다른 분들요? 다른 분들은 이미 합의하셨을 텐데요."

아까 전 변호사의 태도를 봐도 그랬다.

아마도 대부분은 그들에게 휘말려서 터무니없이 낮은 금액에 합의한 후일 것이다.

"아, 그 부분에서 재미있는 게 있는데요."

"재미있는 부분?"

"양육비 소송은 합의가 의미가 없습니다."

"네? 합의가 의미가 없다고요? 그러면 돈을 주지 않아도 된다는 겁니까?"

"아니요, 그게 아닙니다. 돈이야 이미 줬겠지요. 그 돈 없는 놈들이 아니니까. 제가 말하는 '의미가 없다'는 건, 합의를 터무니없는 금액으로 하는 경우에는 효력이 없다는 겁니다. 법적으로 상대방의 궁핍한 상황을 이용하여 터무니없는 조건으로 합의를 도출하는 것은 허용되지 않아요. 그건 한다고 해도 의미가 없지요. 법적으로 무효니까."

"네? 그러면……."

"네. 지금까지 당한 분들 다 소송이 가능합니다."

소아진의 얼굴이 환해졌다.

안 그래도 이번 사건을 하면서 상당히 가슴아 아팠다. 지금까지 당한 사람들을 돕고 싶은데 방법이 없다고 생각했기 때문이다.

"그러니 지금까지 당한 다른 여자분들을 찾아야지요."

노형진은 씩 웃었다.

"그리고 그때가 진짜 싸움의 시작입니다."

다음 권으로 이어집니다

200평 초대형 24시 만화방

수면실 (침대식) — 사우나석

다인석 — 샤워실

세탁기 — 신간100%

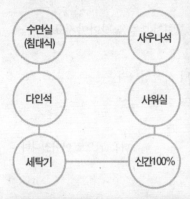

📖 수원 인계동점

● 나혜석거리   ● 농협

● CGV   ● 수원시청역⑧

무비 사거리

소주한잔 건물 24시 만화방 3F   홍콩반점   홈플러스

TEL : 031-226-3771
수원시 팔달구 인계동 1041-11 3층 24시 만화방

📖 의정부점

의정부역④⑤   흥선지하도

◀서울방향

진성약국   던킨도넛츠

24시 만화방 3F

TEL : 031-856-3971
경기도 의정부시 의정부동 197-13 3층

📖 주안점

주안 남부역

◀제물포   민병철 어학원   간석동▶

25시 만화방 6F

TEL : 032-426-2871
인천광역시 주안남부역 지하상가 4번 출구 GS25시 건물 6층

📖 안양점

● 안양역   육교

◀관악역   명학역▶

농협   24시 만화방 2F

안양일번가

TEL : 031-466-3771
경기도 안양시 안양동 674-163 죠이당구장건물 2층

ROK
MEDIA
로크미디어

지금 공략하러 갑니다

유성 게임 판타지 장편소설

『아크』『로열페이트』『아크 더 레전드』작가 '유성'!
제대로 화끈하게 즐기는 게임 판타지로 귀환하다!

잘나가던 먹방 BJ였으나 위암으로 인해 강제 은퇴하게 된 태인
치료는 했지만 먹고살 길이 막막한 그의 선택은, 게임 BJ?
넘쳐 나는 고인물 BJ들을 뚫고 꽁꽁 숨겨진 1%를 찾아라!

멋지고 화려한 전투를 하는 이들 사이에서
구르고 깨지고 날아다니며(?) 처절한 전투를 선보이고
누구도 도전하지 않던 게임 속 먹방까지……

가상현실 게임과 스트리밍까지 몽땅 다.
『지금 공략하러 갑니다』

회귀자의 그랜드슬램

mensol 스포츠 장편소설
ROK SPORTS FANTASY STORY

백전노장 루키가 온다?
테니스부터 축구까지, 최강 경력 17세!

가문 대대로 내려오는 윤회의 저주
반복과 무료의 끝에서 찾은 전대미문의 목표!

"지윤 선수, 어느 종목의 그랜드슬램 말씀인가요?"
"거기 있는 종목, 전부 다요."

지윤의 무기는 오로지 윤회! 시간! 경험!
저 선수요? 초면이지만 262번 붙어 봤습니다

지피지기면 백전백승!
어마어마한 짬으로 스포츠계를 접수한다!